KB124734

기다리고 있습니다

변두리
화과자점
구리마루당

2

니토리 고이치 장편소설
이소담 옮김

* 이 도서의 국립중앙도서관 출판예정도서목록(CIP)은 서지정보유통지원시스템 홈페이지(http://seoji.
nl.go.kr)와 국가자료공동목록시스템(http://www.nl.go.kr/kolisnet)에서 이용하실 수 있습니다.
(CIP제어번호: CIP2016000571)

OMACHISHITEMASU SHITAMACHIWAGASHIKURIMARUDOU 2
©KOICHI NITORI 2014
Edited by ASCII MEDIA WORKS
First published in 2014 by KADOKAWA CORPORATION, Tokyo.
Korean translation rights arranged with KADOKAWA CORPORATION, Tokyo, through
KCC.

이 책은 (주)한국저작권센터(KCC)를 통한 저작권자와의 독점계약으로 (주)은행나무 출판사에서 출
간되었습니다.
저작권법에 의해 한국 내에서 보호를 받는 저작물이므로 무단전재와 복제를 금합니다.

기다리고 있습니다

변두리
화과자점
구리마루당 2

니토리 고이치 장편소설

이소담 옮김

은행나무

차례

일러두기

* 본문의 주는 모두 옮긴이의 주입니다.

프롤로그

도쿄 아사쿠사.

변두리 동네 사람들이 바쁘게 오가는 오렌지 거리 어딘가에
고즈넉하니 자리한 화과자점이 있다.

다갈색 포렴에 달필로 적힌 가게 이름은 '과자점 구리마루당'.

메이지 시대* 때부터 4대째 이어오는 노포로, 소규모 찻집도
겸한다.

안으로 들어가면 진열장에 정갈하게 놓인 각양각색의 화과
자가 당신을 반긴다.

소박하면서도 다양한 형태와 고급스러운 색감을 보면 당신
의 입가에도 분명 미소가 지어질 것이다.

* 1868년 1월 3일부터 1912년 7월 30일까지 메이지 일왕이 통치한 시대.

그런데 이 가게의 상품은 그것만이 아니다.

이따금 예상하지 못했던 것이 들어올 때가 있다.

당신은 이 가게에서 마음이 따뜻해지는 행복한 한때를 보낼 수도 있고 놀라운 사건과 만날 수도 있다.

제1장

가미나리오꼬시

햇빛이 한결 부드러워졌다.

지난주에는 눈이 이따금 내리기도 했는데, 전부 녹아 흔적조차 없어 오늘 아사쿠사에는 봄의 도래를 예감하는 푸른 하늘이 펼쳐졌다.

그런 2월 중순, 따뜻한 오후.

사복으로 갈아입고 가게를 나선 구리타 진은 밝은 보도블록이 깔린 오렌지 거리를 서둘러 걷기 시작했다.

구리타는 생김새가 단정한 청년이다.

한때 불량했던 시기도 있어서 위엄이 넘치고 눈빛이 예리하다. 바지 주머니에 양손을 넣고, 긴 털이 달린 군복 재킷 앞섶을 풀고 있는데, 이래 보여도 화과자 장인이며 메이지 시대부터 이어온 노포 '구리마루당'의 4대째 주인이다.

구리타는 약속 장소로 가는 중이었다.

평소보다 조금 일찍 점심 휴식에 들어가서 시간상으로 여유가 있지만, 왠지 저절로 발걸음이 빨라졌다.

거리 좌우에 아사쿠사 특유의 정취가 감도는 익숙한 상점이 늘어섰다.

구워 먹는 센베이, 전통적인 고구마 과자, 대모갑으로 만든 공예품…….

그런 가게 앞을 차례차례 지나 곧 목적지에 도착했다.

단골로 다니는 노포 카페였다. 문을 열자 복고적인 유럽풍 공간이 나왔다.

수많은 관광객과 적당한 단골손님의 지지를 받아 이 카페에는 언제나 손님이 끊이지 않았다.

바다처럼 술렁거리는 널찍한 가게 깊숙이 들어가자, 카운터 앞에서 컵을 닦던 마스터가 금방 구리타를 발견했다.

"여어 구리타, 상태는 어때?"

"그냥저냥."

마스터는 덥수룩하게 자란 수염과 V자 형태의 카페 앞치마가 잘 어울리는 활력적인 삼십대 남성이다. 험상궂은 얼굴이지만 말발이 뛰어나 손님 접대에 능숙하다.

구리타와는 예전부터 잘 아는 사이로, 함께 오토바이를 타고 고개를 내달린 적도 있었다.

마스터는 컵 닦기를 재개하고 의미심장한 시선을 구리타에게 보냈다.

"그냥저냥이 아닌 것 같은데. 안절부절못하는 게 일목요연하구먼. 그렇게 내 얼굴이 보고 싶었어?"

구리타는 마스터의 농담을 무시하고 가게를 둘러보았다.

차분한 색조의 조명 효과 덕분에 플로어는 산속 오두막처럼 온기가 가득했으나, 찾는 인물은 보이지 않았다.

마스터가 불만스럽게 말했다.

"이상하군……. 농담은 얼굴로 충분하다고 지적할 줄 알았는데."

"농담은 얼굴로 충분해."

"이런, 시간차 공격인가. 그나저나 연장자한테 그런 발언을 하다니 너도 참 대단한 놈이야."

"그쪽이 재촉했잖아. 아아, 이제 됐어. 지금은 농담에 어울려줄 시간이 없어. 그래서…… 아오이 씨는?"

"저쪽."

구리타는 마스터가 가리킨 안쪽 금연석으로 향했다.

카운터에서 사각이라 보이지 않았는데, 아오이는 벽 가까운 구석 자리에 앉아 있었다.

오늘 아오이는 우아한 하얀 코트와 블라우스, 적갈색 스커트 차림이었다. 차분한 느낌의 검은 타이츠가 잘 어울렸다. 구리타의 눈에는 그곳만 주변과 동떨어진 것처럼 또렷하게 보였다.

그녀는 왠지 모르게 진지한 표정으로 탁자를 지그시 쳐다보고 있었다. 뭘까.

의아하게 생각하며 구리타는 가까이 다가가 말을 걸었다.

"기다렸지, 아오이 씨."

깜짝 놀라 아오이가 고개를 들었다. 몇 차례 눈을 깜박이더니 가게 안의 시계를 힐끔 보고 부드럽게 웃었다.

"안녕하세요. 일찍 오셨네요, 구리타 씨."

"그래? 시간에 딱 맞추지 않았나."

"아니요, 약속 시간보다 10분쯤 일러요."

"어라, 우리 가게 시계가 좀 빠른가."

구리타는 그녀의 맞은편에 앉았다.

아오이는 투명감 넘치는 다정한 얼굴과 윤기 흐르는 길고 까만 머리카락, 느긋하게 말끝을 늘이는 말투가 인상적인 미인이다.

약 석 달쯤 전일까, 팥소의 풍미에 한계를 느낀 구리타를 염려한 마스터가 소개해준 조언자로, 그때 각인된 '화과자의 아가씨'라는 말이 지금도 아오이를 만날 때마다 머릿속에 떠올랐다.

화과자에 관한 지식과 미각은 구리타도 보증할 정도였다.

절대 생무지는 아닌데, 자기 이야기를 거의 하지 않아서 지금도 구리타는 그녀의 정체를 모르는 상황이다. 내심 그 점이 마음에 걸렸다.

그래도 남을 돕기 꺼리지 않는 친절한 성격 덕분에 같이 있으면 즐거웠다.

첫 만남 이래, 이렇게 만난 인연도 있고 아오이가 아사쿠사 동네를 워낙 마음에 들어해서 이곳 주민인 구리타는 종종 아오이가 관광하고 싶어 하는 곳을 안내해주고 있었다.

오늘은 튀김 요리로 유명한 노포에 가고 싶다고 해서 같이 점심을 먹기로 약속했다.

어지간히도 양갓집 규수인지, 아오이는 휴대전화 따위가 없어서 늘 이 카페에서 만나곤 했다.

"그럼 갈까. 너무 늑장 부리면 가게가 붐빌 거야."

"아, 그 전에 구리타 씨."

"왜 그래?"

갑자기 아오이가 진지한 표정을 짓더니, 탁자 위에 놓인 하얀 커피 잔을 받침까지 같이 구리타에게 밀었다.

다 마셨으니 잔 안은 당연히 텅 비었다.

구리타는 눈을 깜박였다. 무슨 뜻인지 이해할 수 없었다.

"아오이 씨?"

"죄송한데요 구리타 씨, 잔 바닥을 좀 봐주세요. 이 모양……."

"모양……?"

다시 들여다보니 잔 아래 모서리에 둥그렇게 커피가 조금
남아 있었다.

중앙은 하얗게 드러났고, 그 모서리에 마른 커피가 진하게
자국을 남겼다.

더 자세히 들여다보니 하얀 바닥에 약간 돌출된 부분과 팬
부분이 있었다.

구리타는 무뚝뚝한 표정으로 몸을 꿈틀거렸다. ……하트 형
태처럼 보인다고 생각하면 그런 것 같기도 했다. 지금 아오이
가 진지한 표정으로 바라보았던 것이 이것이었나.

어떻게 반응해야 좋을지 구리타가 망설이고 있자, 아오이가
구김살 없이 웃는 얼굴로 말했다.

"이 모양, 밤처럼 보이지 않아요?"

"응……?"

솔직히 당황했다.

"삶고 싶어요. 이렇게 형태가 예쁜 밤이 있으면 저, 반드시

삶을 거예요."

하트를 역방향에서 보면 스페이드 윗부분과 비슷하긴 하다. 아오이에게는 그게 밤처럼 보였나 보다.

"……그런 생각을 하고 있었어. 아아, 대단하다. 나라면 절대 못 했을 발상이야."

"아! 저 또 엉뚱한 소리를 했나요?"

아오이가 부끄러워하며 손으로 입을 가렸다.

"죄송해요. 그래도 왠지 계속 바라보니까 자꾸 망상이 부풀어서……."

"사과할 게 뭐 있어, 딱히. 망상이니까."

"그런가요? 그렇다면…… 밤은 삶아도 맛있지만, 구리긴톤* 을 만들어도 좋죠. 양갱도 버릴 수 없고, 그 밖에도 구리만주나 구리차킨**이나……."

발랄하게 웃으며 즐겁게 말하는 아오이를 보며 구리타는 생각했다.

이 여자는 미인인 데다가 화과자에 정통하지만 미묘하게 천진난만한 성격이라고.

---

* 밤에 설탕을 넣고 삶아서 만드는 화과자. '밤'을 일본어로 '구리'라고 한다.
** 한입 크기의 밤 고물을 삼베로 짜 자국을 낸 화과자.

*

마스터의 카페를 나온 구리타와 아오이는 오렌지 거리를 남하해 가미나리몬 거리로 나왔다.

구리마루당은 일요일에 정상 영업하고 목요일에 쉰다.

늘 그렇듯이 일요일에는 관광객이 많다고 생각하며, 빨간색과 녹색이 어우러진 아케이드 아래를 스카이트리* 방향으로 걸었다.

목적한 가게는 가미나리몬 바로 옆이니까 이대로 직진하면 도착한다.

"그런데 구리타 씨, 최근 가게는 어떤가요?"

"그럭저럭이라고 할까."

"그럭저럭 괜찮은 느낌인가요?"

"그러게. 예전보다 확실히 좋아졌어. 그건 분명한데⋯⋯."

"무슨 문제라도?"

"아니, 이건 내가 생각해야 할 문제여서."

구리타는 무뚝뚝한 표정으로 목덜미를 긁었다.

부모님이 세상을 떠나고 1년하고 3개월. 구리마루당 4대째

---

* 도쿄 도 스미다 구에 위치한 세계 최고 높이의 전파탑.

주인이 된 초기에는 전부 주먹구구식이었으나 지금은 제법 익숙해졌다.

단골손님의 목소리를 들어보면 과자에 대한 평판은 나름 괜찮았다. 가게 매출도 조금씩이지만 늘어나고 있다.

그러나…… 아버지가 가게를 꾸릴 때와 비교하면 매출은 한참 못 미쳤다.

장부를 비교하면 현재 영업이익은 전성기의 약 3분의 2.

최대한 손해를 내지 않으려고 사들이는 재료량을 지금 형편에 맞춰 조정했으나, 단순하게 팔리는 개수가 줄었으니 총이익이 줄었다. 총이익에서 인건비 등 경비 전반을 뺀 것이 영업이익이다.

찻집 쪽도 서서히 손님 발길이 돌아오고 있으나 주말이면 몰라도 평일에는 역시 파리만 날릴 때가 많았다.

부모님이 남겨주신 저축금이 있다고는 해도 절대 낙관할 상황이 아니었다.

오래 지속되는 불황도 관계가 없진 않겠지만, 그 이상으로 섬세한 부분에서 아직 부족한 점이 많을 것이다. 앞으로도 시행착오를 겪을 필요가 있겠다고 구리타는 생각했다.

"그렇군요……."

옆에서 걷는 아오이도 표정이 진지해졌다.

"가게 운영은 역시 큰일인가 봐요. 아, 아니요! 절대 간단하
다고 생각했던 건 아닌데요."

정직한 반응에 피식 웃고 말았다.

"알고 있다니까."

"그럼 다행이지만요."

"이래저래 있거든, 그런 게……. 제과 자체는 적당히 타협할
수 없는데 경영은 또 문제가 다르거든. 숫자를 직시하면서 과
감하게, 또 낭비를 줄일 수 있게 판난해야만 해. 이거 말고도
생각할 게 산더미 같아서……. 뭐, 여러모로 시도해봐야지."

"그런 점에서 구리타 씨, 수수하게 착실하니까요."

"수수하게? 수수하다는 게 어떤 의미야?"

"아, 평범하게 착실히 한다는 의미요."

"아, 그래……. 어쨌든 수수한 주인으로서 매출 상승으로 이
어질 시행착오도 거듭해야겠지. 말하자면 홍보 활동? 단순하
게 내 제과 기술이 일본 제일이라면 손 하나 까딱 안 해도 대
성황이겠지만."

"그렇다면 새로운 과자를 고안하는 것도 좋겠어요."

"어?"

조금 허를 찌르는 말이었다.

"왜냐하면 실력을 갖추려면 시간이 걸리지만 신상품은 아이

디어에 따라 만들 수 있으니까요. 새롭게 내놓은 상품의 완성도가 높아서 손님이 먹어보고 싶다고 생각하면 매출 상승으로 이어지지 않겠어요?"

"……신상품 개발이라."

구리타는 턱을 쥐고 아케이드 천장을 올려다보았다.

가게 전통을 지키는 것은 중요하지만, 전통을 답습하는 동시에 새로운 요소를 추가하는 것도 필요하다.

대대로 가게를 물려받은 주인도 시대에 맞춰 상품을 개량했을 것이다.

말처럼 쉽진 않겠지만 한번 시도해볼까, 하고 머리를 굴릴 때, 갑자기 가까운 곳에서 호통 소리가 들렸다.

"……적당히 좀 하라고!"

그 호통에서 도망치는 것처럼, 정면 왼쪽 가게에서 코트를 입고 안경을 쓴 남자가 뛰어나왔다. 구리타는 반사적으로 아오이를 감싸며 앞으로 나섰다.

가미나리오꼬시 가게가 있는 거리였다.

안경 남자는 비틀거리는 몸을 바로 세우고 중지로 안경테를 올렸다.

보아하니 가게에서 쫓겨난 것 같았다. 구리타는 어깨에서 살짝 힘을 뺐다.

안경 남자에 이어 머리끝까지 화가 난 가게 주인이 밖으로 나와 중얼거렸다.

"도대체가, 얌전히 대해줬더니……."

"아니, 그렇지만 원래 그쪽이."

"됐으니까 썩 돌아가지 못해!"

사나운 말투로 성을 낸 직후, 가게 주인은 근처에 선 구리타와 시선을 마주치고 흠칫 놀란 표정을 지었다.

구리타는 한 손을 살짝 들었다.

"안녕하세요."

"구리타……?"

"무슨 일이에요, 스기야마 아저씨."

흰머리가 섞인 머리를 겸연쩍게 긁는 장년 남성, 스기야마는 가미나리오꼬시 전문점의 주인이다.

고지식하고 성미가 급해도 본성은 친절한 아사쿠사 토박이. 구리타와는 예전부터 알고 지내는 사이였다.

그렇게 친교가 깊은 사이도 아닌데, 스기야마는 구리마루당을 막 물려받은 구리타를 염려하며 종종 과자를 사러 와서는 장사꾼 선배로서 많은 조언을 해주었다.

지금은 아사쿠사에서 화과자 가게를 운영하는 장인으로서 대등하게 지내고 있다.

"……아아, 별일 아니다, 구리타."

스기야마는 안경 남자를 힐끔 쳐다보고 가볍게 혀를 찼다.

"좀 귀찮은 손님이 얼쩡거려서. 바빠죽겠는데 자꾸만 끈질기게 시비를 걸지 뭐냐……."

"시비요?"

이 손님과 가미나리오꼬시 때문에 언쟁을 벌였다고 스기야마가 설명했다.

스기야마 아저씨는 친절한 사람이지만 손님이 꼭 성인군자라는 법은 없으니까, 하고 구리타가 생각했을 때 스기야마가 이상한 소리를 했다.

"……미안한데 구리타, 이 손님의 상담을 좀 들어주지 않겠니?"

"네?"

"부탁이다, 응? 같은 화과자 장인인 너라면 맡길 수 있어!"

스기야마의 친절함이 구리타에게는 도리어 화가 되었다. 그는 비는 것처럼 양손을 모았다.

"오늘 감기로 두 사람이나 쉬어서 도저히 가게를 비울 수가 없어. 한가할 때라면 차분히 들어줄 수도 있겠지만."

스기야마는 곁눈질로 안경 남자를 살폈다. 도대체 무슨 일일까? 궁금했지만 호기심 이상으로 트러블의 냄새가 났다.

"미안한데요, 스기야마 씨. 우린 지금부터……."

구리타가 거절하려는데 옆에서 안경 남자가 불쑥 끼어들었다.

"그쪽 분들도 화과자와 관련된 일을 하시나요?"

"어어…… 네."

"화과자 중에서도 어떤 일을?"

뭐야, 구리타는 미간을 찌푸렸다. 말투는 정중한데 안경 남자의 표정과 음색에서 절박함이 느껴졌다.

"어, 저기, 여, 여기 구리타 씨는요. 화과자점을 운영하고, 화과자 장인이고, 화과자를 만들고……."

낯가림이 심한 아오이가 더듬더듬 설명하자 안경 남자의 두 눈이 반짝 뜨였다.

"그렇다면 프로군요! 마침 잘됐어요. 사실은 꼭 여쭙고 싶은 게 있어서요."

남자가 말을 꺼내기를 기다렸다는 듯이 스기야마가 냉큼 발걸음을 돌렸다.

"자, 뒤를 맡기마, 구리타!"

"잠깐만! 어어……?"

스기야마가 혼잡한 가게로 돌아가버려서 거리에는 구리타와 아오이, 안경 남자가 남았다.

안경 남자는 오코노기라고 이름을 댔다.

약간 신경질적으로 보이는 갸름한 얼굴에 세련된 안경을 썼고 클래식한 까만 코트를 걸친 도쿄에 거주하는 서른여덟 살. 작년에 아내가 먼저 세상을 떠나 현재 중학생인 아들과 둘이 살고 있다.

오늘은 가미나리오꼬시를 사러 아사쿠사에 왔다고 한다.

"그래서요" 하고 구리타가 말했다.

"그게 어쩌다가 싸움으로?"

"아니요, 저로서는 절대 싸울 마음은 없었습니다."

"아까 그분, 제가 보기에 어지간히 화나신 게 아닌 것 같았어요."

"……부끄럽습니다."

아오이의 지적에 오코노기가 괴로운 표정을 지었다.

스기야마의 가게 앞에서 말하기 좀 그래서 셋은 가미나리몬* 근처까지 이동했다.

새빨간 대제등 좌우에 든든히 서 있는 뇌신상과 풍신상……

* 센소지 경내로 들어서는 첫 번째 입구.

그중에 풍신 옆쪽에 해당하는 자리에 서서 대화하는 중이었다.

구리타는 친절을 억지로 베풀지 않는다. 평소라면 오코노기의 사정 따위야 거들떠보지 않을 테지만, 이번에는 스기야마에게 부탁받기도 했고 무엇보다 아오이가 이야기만이라도 들어보자고 졸랐다.

지금부터 갈 예정이었던 가게에서 먹을 점심을 기대했을 아오이가 그렇게 말하니 무시할 수 없었다.

오코노기는 한 호흡을 내쉬고 말했다.

"저는 질문을 했을 뿐입니다. 그분께 절대 시비를 걸지 않았고 화나게 할 생각도 없었어요."

"……그렇습니까?"

부루퉁한 표정으로 구리타가 반신반의하며 묻자 오코노기는 "그렇단 말입니다" 하고 강하게 긍정했다.

"그렇지만 그 가게에는 지난주에도 갔으니까, 그게 결과적으로 집요해 보이는 요인이 됐나 봅니다."

"지난주에도? 오늘만이 아니라?"

"네."

"아, 그건 일반적으로 집요한 부류에 들어갈 것 같아요. 그런데 오코노기 씨, 2주 연속해서 가게에 가신 이유는 뭔가요?"

오코노기에게 어느 정도 익숙해졌는지 말투가 편해진 아오이의 질문에 그가 겸연쩍어하며 눈썹을 늘어뜨렸다.

"……아사쿠사에서 가장 맛있는 가미나리오꼬시를 찾고 있습니다. 그 가게, 상당히 유명하잖아요? 저는 음식에 대해서 잘 모르니까 지난주에 주인장에게 물어보고 추천해주는 가미나리오꼬시를 샀습니다. 전통적인 제과법으로 만들었으니까 제일 맛이 좋다고 해서요."

"하아."

"그런데 그때 산 가미나리오꼬시는 제가 목적한 것과 달랐습니다. 그래서 주인장에게 캐물었더니 조금 전과 같은 사태가 발생했지 뭡니까."

"흐음……."

구리타와 아오이는 슬쩍 얼굴을 마주 보았다.

"뭔가, 시비를 걸었다고 여겨져도 할 말이 없는 조건을 갖춘 것 같은데."

"구리타 씨, 그렇게 말하면……."

"저, 저는 정말로 시비를 걸지 않았습니다! 그냥 좀…… 사정이 있어서."

요약하면 그는 어떤 이유로 계속 가미나리오꼬시를 찾아다녔고, 매우 바쁜 주인을 격노하게 할 정도로 오늘도 집요하게 질문을 던졌던 것이다.

말싸움을 벌인 경위는 이해했으나 중요한 부분을 모르겠다.

"오코노기 씨, 당신 가미나리오꼬시는 무슨 이유로?"

구리타가 팔짱을 끼고 말했다.

"스기야마 아저씨 가게의 가미나리오꼬시는 훌륭해요. 아사쿠사 최고인지 아닌지는 주관에 따라 다르지만 나는 그렇게 봐도 좋다고 생각해요. 애초에 목적이 뭡니까?"

오코노기는 열의가 넘친 탓에 스기야마를 화나게 했다. 그렇게나 필사적이 되는 데는 이유가 있을 것이다.

"그, 말씀드리자면 아들 일로."

"네?"

"……다시 마음을 열어줄지도 모르니까요."

오코노기는 얼굴 가득 심각한 고뇌에 찬 표정을 지으며 반쯤 혼잣말처럼 중얼거렸다.

"마음을 열어줄 겁니다……. 아들이 좋아하는 가미나리오꼬시를 손에 넣을 수 있다면, 다시 한 번."

그 순간, 구리타의 가슴에 쓸쓸한 무언가가 빠르게 스쳐 지나갔다.

오코노기는 고개를 숙이고 아랫입술을 깨물었다. 가미나리몬 관광객의 소란스러움 속에서 그곳만 도려낸 것처럼 침묵이 내려앉아, 아오이가 의문에 찬 고개를 갸웃거렸다.

"저기?"

"······제기랄, 서서 할 이야기가 아니겠네."

구리타가 머리를 마구잡이로 쥐어뜯더니 자기를 따라오라고 오코노기에게 말했다.

*

퇴색한 운치 있는 기와지붕과 미풍에 흔들리는 다갈색 포렴.

기와 위에 걸린 간판에는 '과자점 구리마루당'이라는 상호가 느낌 있는 달필로 쓰여 있다.

아사쿠사 거리에 녹아든 것처럼 동화된 화과자점, 구리마루당 가게 안에서는 지금 오코노기가 진열장에 놓인 다채로운 화과자를 뚫어지게 살피는 중이었다.

그의 뒤에 구리타와 아오이가 있었다.

구리타는 아오이와 오코노기를 데리고 구리마루당으로 돌아온 것이다.

"오오, 화과자도 종류가 다양하군요······."

진열장을 오른쪽부터 왼쪽까지 살핀 오코노기가 감탄하며 말하자, 계산대 앞에 선 앞치마 차림의 여성이 의기양양하게 고개를 끄덕였다.

"이래 보여도 메이지 시대 때부터 이어진 노포니까. 종류도 많고 전부 다 맛있어요."

"하아."

"우리 장인이 시간과 정성을 들여 만든 절품이라고요. 계절에 따라 상품도 달라져요."

경쾌하게 세일즈 토크를 늘어놓는 점원은 이목구비가 또렷하고 기가 세 보이는 인상의 여성…… 아카기 시호이다.

시호는 과자 판매와 찻집 접객이라는 두 가지 역할을 도맡은 아르바이트생으로, 구리마루당의 얼굴마담 같은 존재. 채용할 때 이력서에 따르면 아직 아슬아슬하게 이십대인 나이인데 활기가 넘쳐서 훨씬 어려 보인다.

"그런데…… 가미나리오꼬시는 없군요?"

오코노기가 나직하게 중얼거렸다.

옆에 선 구리타와 아오이가 그 질문에 대답하려는 때, 안쪽 포렴을 걸으며 조리용 모자와 하얀 가운 차림의 나카노조가 매장으로 나왔다.

나카노조는 하얀 이를 드러내고 상큼하게 웃으며 오코노기에게 말했다.

"죄송합니다. 저희는 가미나리오꼬시는 취급하지 않아서요."

"어…… 그건 왜죠?"

"가게도 사람과 마찬가지로 특기 분야가 다르니까요. 저희는 수제 나마가시*에 주력한답니다. 아, 마메모찌**나 마메다이후쿠***는 어떠세요? 오늘 아침에 만들어서 부드럽고 맛있어요. 참고로 제가 만들었습니다."

은근한 홍보에 능숙한 나카노조는 구리마루당에서 일하는 어린 화과자 장인으로, 파마를 한 갈색 머리카락이 특징적인 호인이다.

중학교 졸업과 동시에 제자로 들어왔으니 구리타에게는 동생 같은 존재로, 좋은 동료이자 동성 친구였다.

경망스러운 면이 있어서 구리타와 성격이 전혀 다른데, 오히려 그 덕분에 다툴 일도 없어서 딱 좋은 관계였다.

"그런가요……. 화과자 가게라고 반드시 가미나리오꼬시가 있는 건 아니군요."

낙담해서 한숨을 내쉬는 오코노기에게 구리타가 "그렇습니다" 하고 말했다.

"오히려 가미나리오꼬시를 상비하는 화과자 가게가 드물 거예요. 왜냐하면 가미나리오꼬시는 아사쿠사, 그중에서도 가미

*　　주로 팥소를 넣어 찐 물기 있고 무른 생과자.
**　 반죽에 검은 콩이나 대두를 넣은 콩떡.
***　완두콩을 박은 떡 반죽으로 팥소를 감싼 떡.

나리몬에 특화된 명물이니까요."

아오이가 추가로 설명하자 오코노기가 놀란 표정으로 말했다.

"과연……. 그걸 안 것만으로도 큰 수확입니다."

"어쨌든 오코노기 씨, 이쪽이 찻집입니다. 아오이 씨도."

구리타는 아오이와 오코노기를 병설된 찻집으로 안내했다.

전체 스무 석, 메뉴는 가게에서 파는 상품과 똑같은 소규모 찻집인데, 인테리어가 깔끔해서 인정미 넘치는 공간이다.

지금 찻집에 다른 손님은 없었다.

전망이 좋은 창가 자리에 구리타, 아오이, 오코노기 세 사람이 앉았다.

"그런데 평일이라면 몰라도 일요일 오후에 손님이 제로라니……."

구리타가 자기도 모르게 떨떠름한 표정으로 중얼거리자, 뒤를 따라오던 시호가 말했다.

"조금 전까지 단체 손님이 있었어. 주문은 어떻게 할래?"

"오오, 그래. 아, 나는 차만 줘. 아오이 씨는 배고프지? 좋아하는 거, 한턱낼게."

"괜찮아요, 구리타 씨. 걱정하지 마세요. 저 원래 소식하거든요."

"괜찮다니까. 그럼 조금이라도 시켜."

"음, 그렇게까지 말씀하시면……. 죄송해요, 시호 씨. 오구라안미쓰*랑 마메다이후쿠랑 마메모찌랑 참깨 경단 주세요."

"……소식?"

그 호리호리한 몸 어디에 전부 들어갈지 구리타는 진지하게 고민했다.

"네네, 오구라안미쓰, 마메다이후쿠, 마메모찌, 참깨 경단……. 손님은요?"

시호가 주문을 묻자 오코노기는 안경을 올리며 대답했다.

"저는 차만 주시면 됩니다."

"네."

시호가 주방으로 들어가 곧 세 명의 차를 쟁반에 담아 돌아왔다.

모두 앞에 찻잔이 놓인 뒤에 구리타가 입을 뗐다.

"그럼 오코노기 씨, 차례대로 말씀해주시겠어요? 무슨 목적으로 어떤 가미나리오꼬시를 찾으시는지. 그걸 모르면 조언해드릴 수 없습니다."

오코노기는 한동안 고개를 숙이고, 눈앞의 찻잔을 눈썹 하나 꿈틀거리지 않고 묵묵히 바라보았다.

---

* 붉은 완두콩에 꿀, 팥, 우무 등을 넣어 만드는 일본식 디저트.

이윽고 고개를 든 그는 주저하며 구리타와 아오이를 번갈아 바라보았다.

괜찮다는 듯이 아오이가 고개를 살짝 끄덕였다.

"오코노기 씨, 말씀해주세요."

그러자 오코노기는 망설임을 떨치려는 것처럼 녹차를 꿀꺽 마시고 말했다.

"……어디서부터 말씀드려야 좋을까요. 그렇지, 그러고 보니 제 아내도 아사쿠사 출신입니다."

"그래요? 이 근처인가요?"

"하나카와도입니다."

"어, 가까운데."

구리타가 무심코 중얼거렸다.

하나카와도는 아사쿠사, 스미다 강 서쪽이다. 봄에는 그 근처 스미다 공원에 벚꽃놀이 관광객이 어마어마하게 모인다. 구리타는 급속히 친밀감을 느꼈으나, 오코노기의 표정은 우울했다.

"모든 것은 2년 전……. 아내가 세상을 떠나면서 시작됐습니다."

놀라서 입을 다문 구리타와 아오이에게 오코노기는 이렇게 설명했다.

오코노기의 아내는 전국에 지점을 둔 통신사업 회사에 다녔다.

그룹 내에서 이동이 잦은 전근족이어서, 출신은 아사쿠사였어도 일 때문에 계속 각지를 전전했다.

오코노기와는 한 번 일을 같이 한 인연으로 알게 되었다.

업종은 다르지만 느낌이 맞아서 자연스러운 형태로 사귀기 시작했다. 궁합이 잘 맞았는지 금방 가까워졌다.

지금으로부터 14년 전의 일이다.

얼마 지나지 않아 아이가 생겼다는 것을 안 오코노기는 망설이지 않고 그녀와 결혼했다. 신혼집으로 이사해 새로운 생활을 시작했다.

그때 생긴 아이가 외동아들 가즈야였다.

"아이가 태어났을 때는 기뻤어요. 힘들긴 했지만요. 밤에 몇 번이나 깨서 기저귀를 갈고 우는 걸 달래고……. 그립습니다."

안경 너머로 오코노기가 아련한 눈빛을 지었다.

"그때 저는 어렸어요. 그런 만큼…… 어리석었죠."

"네?"

미묘하게 눈썹을 움직이는 구리타와 아오이 앞에서 오코노기는 관자놀이를 눌렀다.

"가즈야가 초등학교 2학년일 때…… 여덟 살이었을 때요.

아내가 인사이동으로 도쿄를 떠나야 했습니다. 저는 제 일이 있으니까 별거할 수밖에 없었죠. 몇 년만 참으면 돌아오니까 상의한 끝에 가즈야를 아내와 함께 보내기로 했어요. 그 나이 또래의 아이에겐 역시 엄마가 필요하다고 하니까요."

오코노기의 목소리가 가라앉았다.

"그런데…… 저는 좋은 아빠가 아니었어요. 지금 말씀드린 건 핑계에 지나지 않아요. 사실은 일에 열중하느라 가즈야가 초등학교에 들어갈 무렵부터는 제대로 돌보지도 않았어요. 아내가 발령받은 곳에 한 번도 가지 않았지요. 그때 중요한 프로젝트를 맡았던 저는 오로지 일에 빠져서……."

오랜 세월 가족과 서먹서먹하게 살았지만, 일이 즐거워서 몰두하는 동안에는 전혀 걱정되지 않았다. 둘 다 언젠가 돌아오니까 초조할 필요가 없다고 생각했다.

오코노기는 괴롭게 설명했다.

"상황이 바뀐 것은 2년 전이었습니다. 아내가 자동차 충돌 사고를 일으켰어요. 연락을 받은 저는 그때 처음으로 아내의 부임지를 찾았는데…… 아내는 이미 숨을 거둔 뒤여서."

솔직히 지금 떠올려도 현실감이 없어서 제정신이 아니었다고 오코노기는 말했다.

안치소로 뛰어갔을 때, 아내는 들것 위에서 가만히 눈을 감고 있었다.

얼굴이 상처 하나 없이 아름다워서 마치 기분 좋게 잠든 것 같았다. 당장에라도 눈을 뜨고 말을 걸 것 같았다.

그러나 그 옆에서 가즈야가 새빨개진 얼굴로 오열했고, 아무리 불러도 아내는 일어나지 않았다.

"……엄마…… 엄마!"

이게 뭐지. 무슨 상황이야. 머리로는 이해하면서도, 그 말만이 자꾸만 오코노기의 안을 빙빙 맴돌았다. 눈앞의 현실을 도저히 받아들일 수 없었다.

그렇잖아, 이렇게 젊은데…… 너무 이르잖아.

그렇게 생각한 순간, 둑이 터지듯이 오코노기의 눈에서 눈물이 대량으로 흘러넘쳤다.

과거 이야기를 마친 오코노기는 비통한 표정으로 아랫입술을 꽉 깨물었다.

"……그런 일이 생길 줄은 상상도 못 했습니다. 도쿄로 돌아온 가즈야도 떨어져 살던 3년 동안 몰라보게 변해서…… 저와 제대로 말도 나누려고 하지 않아요."

지금 가즈야는 중학교 1학년. 열세 살이다.

오코노기와는 사이가 어긋날 대로 어긋나 매일매일 상황이 나빠지고 있다.

질 나쁜 무리와 어울리면서 아버지와의 불화에 더욱 박차가 가해졌는데, 잔소리를 해도 불에 기름을 부을 뿐이었다.

반항기와 겹쳐서 때때로 폭력까지 썼다.

집을 난장판으로 만든 적도 있고, 지금은 완전히 불량소년이라고 오코노기가 말했다.

"……불량이라."

구리타는 씁쓸하게 중얼거렸다. 전직 불량배였던 구리타는 가즈야라는 소년의 심정도 내심 이해가 갔다.

사람 좋은 아오이는 오코노기의 이야기에 완전히 감정이입했는지 "그래요, 그랬군요" 하고 고개를 연거푸 끄덕였다.

"정말 안타까워요, 오코노기 씨……. 그런데요, 지금 하신 말씀과 가미나리오꼬시는 무슨 관계가 있죠?"

"아, 그랬죠. 아내가 죽고 이래저래 일이 많아서 깜박했는데, 최근 들어 갑자기 생각났습니다. 아사쿠사 출신인 아내가 생전에 했던 말이……."

별거 중에 아내와는 전화와 메일로 연락을 주고받았는데, 그때 이런 대화를 한 적이 있다고 오코노기가 설명했다.

오코노기의 아내가 수화기 너머에서 밝게 말했다.

"요즘 가즈야가 얼마나 활기 넘치는지 몰라. 새 친구도 잔뜩 생겼고, 매일 장난만 늘어."

"장난? 괜찮은 거야?"

"물론이지. 그냥 혼내면 대드는데, 맛있는 걸 먹이면서 타이르면 말을 잘 들어. 우리 애도 참 속물이지? 당신, 애가 뭘 좋아하는지 알아?"

한참 생각했지만 짐작이 가지 않았다.

머쓱해진 오코노기에게 아내가 밝게 말했다.

"오꼬시."

"어?"

"가즈야가 좋아하는 거. 몰랐지? 싸웠을 때 같이 먹으면서 얘기하면 좋아······."

오코노기는 탄식하며 말을 이었다.

"······하늘에서 내려준 계시 같았습니다. 고민하는 저를 안쓰럽게 여겨 천국에 있는 아내가 조언해준 거라고요. 그래서 지난주에 당장 아사쿠사에 와서······."

"스기야마 아저씨의 가게에 갔군요?"

구리타의 질문에 오코노기는 "네에" 하고 고개를 끄덕였다.

"아내가 아사쿠사 출신이니까, 여기 화과자 가게라면 당연히 잘 알겠죠. 그러니까 여기에서 가장 맛있는 가미나리오꼬시를 찾으려고 했습니다."

"과연. 그래서 아사쿠사 최고에 집착하셨군요. 그렇지만 지난주에 산 건 안타깝게도 가즈야 군의 마음에 들지 않았고."

"……그렇습니다. 한입 먹자마자 맛이 없다면서 뱉지 뭡니까……. 그날 가즈야는 자기를 바보로 아느냐면서 길길이 날뛰었어요. 그건 녀석이 좋아하는 게 아니었나 봅니다."

거기까지 말한 오코노기는 구리타와 아오이를 똑바로 바라보았다.

"구리타 씨, 아오이 씨. 부디 힘을 빌려주십시오. 저는 가즈야가 좋아하는 아사쿠사 최고의 가미나리오꼬시를 어떻게 해서든 찾고 싶습니다. 이대로라면 우리 가족은 망가지고 말아요. 가즈야까지 잃을 수는 없습니다!"

죄책감은 사람을 움직이는 강한 원동력이 된다.

오코노기는 아내를 잃을 줄 모르고 허비했던 시간을 지금도 후회하고 있으며 그것은 어떤 의미에서 아들에 대한 마음으로 바뀌었을 것이다.

아들은 또 아들대로 이제 와서 왜 이러느냐면서 짜증스럽게 여길지도 모르나…….

아버지의 마음을 아들은 모르는 법이라고 구리타는 생각했다.

곧 아오이가 투명감 넘치는 다정한 얼굴로 그를 바라보았다.

"저기, 구리타 씨."

"……알았어. 아사쿠사에는 화과자 가게가 많고 나도 일단은 업계인 나부랭이니까. 짐작은 가."

"두 분 다 정말 고맙습니다!"

오코노기가 힘차게 고개를 숙였다.

*

가미나리오꼬시는 찐 쌀을 볶아 부풀린 것에 땅콩, 물엿, 설탕 등을 섞어 굳인 히가시*의 일종이다.

오꼬시 자체는 훨씬 옛날부터 있었는데, 오꼬시에 '집을 일으키고 이름을 세우다'라는 미신을 부여해 에도 시대** 때, 아사쿠사 가미나리몬 근처에서 노점상이 팔기 시작한 것이 가미나리오꼬시의 기원이다.

아사쿠사 명물 중에서도 발군으로 지명도가 높은 기념품,

---

* 수분이 적게 함유된 마른 화과자.
** 에도(오늘날의 도쿄)에 정권 본거지가 있던 1603년부터 1867년까지의 봉건시대.

즉 선물용인 만큼 점포와는 별개의 장소에서 만들어 오는 경우가 많다고 구리타가 설명했다.

"별개의 장소요?"

고개를 갸웃거리는 오코노기에게 구리타가 설명했다.

"공장이나 제조소요. 이른바 제조, 직매하는 그런 곳에서도 살 수 있어요."

"하아."

"히가시는 굳이 바로 만들 필요가 없으니까요. 가미나리몬을 본 뒤에 가까운 가게에서 기념으로 가미나리오꼬시를 사는 사람, 많죠? 그러니까 어디 다른 제조소에서 한꺼번에 만들고 점포는 기본적으로 그걸 전시하는 장소인 경우가 많습니다."

"아하…… 확실히 가미나리오꼬시를 팔려면 가미나리몬 근처가 최고겠군요."

"가미나리몬을 지난 나가미세 거리에서도 팝니다. 그걸 염두에 두고 찾아볼 장소를 줄이면 되겠죠."

구리타가 말하자 오코노기가 알듯 모를 듯한 표정을 지었다.

"……그 말씀은?"

"가미나리몬 주변에 있는 가게는 제외하는 겁니다."

영문을 모르는 오코노기에게 구리타는 설명했다.

금방 말한 것처럼 가미나리오꼬시는 아사쿠사 가미나리몬 근처에서 노점상이 팔기 시작한 것이 발상인 아이디어 상품이다.

상품이란 이름과 이미지에 따라 팔림새가 달라지므로 이 두 가지는 아주 중요한 요소이다.

그러나 상표 등록하기 전에 상품명이 널리 보급된 경우, 그것은 보통명사처럼 누구든 사용해도 괜찮다.

가미나리오꼬시도 그런 경우로, 상표가 아니니까 가미나리몬 주변의 가게가 아니라도, 미신에 업혀서 팔지 않아도 자유롭게 이름을 쓸 수 있다.

"사모님께서 이렇게 말씀하셨죠? '오꼬시. 가즈야가 좋아하는 거'라고."

"네에, 그렇습니다."

"그렇게 말씀하셨으니까…… '가미나리오꼬시'가 아니라 '오꼬시'라고 하신 것은 단순한 생략이 아니라 가미나리몬의 이미지와는 연관이 없는 가게였기 때문이 아닐까요?"

오코노기는 얼빠진 표정으로 안경 너머의 눈을 깜박였다.

구리타가 계속 설명했다.

"실제로 가미나리몬에서 멀리 떨어진 곳에도 가미나리오꼬시 가게가 있는데……. 그런 가게는 가미나리몬이라는 장소의 효과를 최대한 이용할 수 없으니까 대부분 가미나리오꼬시 자체에 다른 부가가치를 만들려고 합니다. 제조법을 다르게 하거나 재료를 엄선하거나……. 결과적으로 원조보다 맛이 좋아지는 곳도 있지요. 그런 것 중에 하나가 아드님의 취향에 맞은 것 아닐까요?"

"저도 그렇게 생각해요."

구리타 옆에서 아오이가 검지를 번쩍 들었다.

"구리타 씨가 지금 말씀하신 계통의 가미나리오꼬시는 가미나리라는 문자를 사용하지 않고 다른 상품명이 붙는 경우도 있으니까요. 즉, '가게는 가미나리몬에서 멀리 떨어졌고 보통명사로서는 가미나리오꼬시지만 상품명은 또 다른' 것이죠."

"복잡하지만 뭐, 그런 겁니다."

"가미나리오꼬시라고 하니까 가미나리몬 근처의 가게라고만 생각했는데…… 반대였나요."

오코노기는 큰 깨달음을 얻은 것처럼 안경을 추스르고 몸을 불쑥 내밀었다.

"그 가게를 가르쳐주십시오, 구리타 씨!"

'아사쿠사에서 가미나리몬과 나카미세 거리에서 떨어진 곳에 있고 예전부터 가미나리오꼬시를 다루는 가게', 이렇게 조건을 좁히면 후보는 한정적이다.

"먼저 첫 번째는……."

구리타가 지도를 꺼내 모든 가게를 설명하자, 오코노기는 메모한 종이를 들고 일어났다.

"저, 지금부터 가보겠습니다! 이 가게 중에 하나가 분명 정답…… 그렇다면 전부 사면 되겠죠. 구리타 씨, 아오이 씨, 오늘은 정말 감사했습니다!"

오코노기는 인사를 하고 코트를 옆구리에 낀 채 재빨리 구리마루당을 나갔다.

*

"하아, 어느 집이든 제각각 사정이 있네. 앞으로도 문제가 많겠지만…… 저 사람, 괜찮으려나?"

시호가 팔짱을 끼고 말하자, 식사 중이던 아오이가 확신에 차 고개를 끄덕였다.

"갠차나여."

입을 손바닥으로 막고 우물거리며 대답하는 아오이 앞에는 사발과 세 장의 접시가 놓여 있었다.

조금 전만 해도 오구라안미쓰, 마메다이후쿠, 마메모찌, 참깨 경단 등이 가득 담겨 있었는데, 지금은 마메모찌만 두 조각 남았을 뿐이다.

"괜찮아요."

아오이가 알아듣기 어려웠던 말을 다시 발음했다.

"오코노기 씨, 최선을 다하고 계시니까 아드님께 그 마음이 분명 전해질 거예요. 그렇죠, 구리타 씨."

생각에 잠겼던 구리타는 퍼뜩 정신을 차리고 대답했다.

"그렇겠지."

"……왜 그러세요? 오코노기 씨가 가신 뒤부터 구리타 씨, 왠지 멍한 것 같아요."

"아니야. 그냥 좀, 그래서. 존댓말을 사용했더니 지쳤어."

"그래요?"

아오이가 아름다운 아몬드 형태의 눈을 의아하다는 듯이 깜박였다.

그러더니 가슴 앞에서 자그마한 주먹을 꼭 쥐었다.

"그래도 그거 좋았어요. 존댓말……. 저, 내심 두근두근했어요."

"뭐?"

구리타는 어이가 없었다.

"차이의 매력이란 이런 걸까요? 평소에 무뚝뚝한 구리타 씨가 격식을 차린 말투를 쓰는 어른스러운 모습이라니…… 이런 거 역시 좋아요. 그리고 일이 다 마무리되자 아무렇지 않게 평소의 말투로 돌아오는 것도 아찔아찔하게 좋네요."

"뭐야, 그게."

구리타로서는 무슨 소리인지 이해가 안 갔다.

곧 아오이는 주문한 음식을 깔끔히 먹어치웠다.

떡과 경단은 포만감이 있으니까 일상적인 점심을 먹을 때보다 배가 더 부르다고 말하며 아오이는 가게를 나섰다.

"그럼 구리타 씨 오늘은 잘 먹었습니다. 저 이 근처를 조금 돌아다니면서 열량을 소비하고 돌아갈게요."

"…아아, 무리하지 말고."

구리타와 시호, 나카노조는 가게 밖으로 나와 아오이를 배웅했다.

점심 휴식 시간은 벌써 끝난 뒤여서 구리타도 일에 복귀했다.

작업장에 들어가기 전에 조리용 가운으로 갈아입다가 잠깐 넋을 놓고 있자, 시호가 뒤에서 말을 걸었다.

"어이, 구리. 묻기 좀 그런데…… 정말 괜찮은 거야?"

"뭐야, 시호 씨까지. 당연히 괜찮지."

"그래?"

시호가 의미심장한 미소를 짓고 말했다.

"그게, 아까 오코노기라는 사람한테 지나치게 친절하게 군 것 같아서. 혹시 무슨 일이 있나 싶었지."

"없다니까. 다들 오지랖만 넓어서는."

한숨을 쉬고 말없이 매장으로 돌아가는 시호를 바라보며 구리타는 고개를 좌우로 흔들었다.

사실 관계가 없지는 않았다. 묘하게 마음에 걸리는 것이…….

아니, 아니다. 사실은 처음부터 그게 이유였다.

그때 가미나리몬 옆에서 오코노기의 이야기를 들었을 때, 쓸쓸한 기억이 가슴에 떠올랐다. 그랬기에 그를 가게까지 데려와 상담에 응했다.

손바닥으로 시선을 떨어뜨리자, 구리타의 의식이 과거로 부웅 날아갔다.

*

당시 구리타는 열세 살. 우연하게도 오코노기의 아들과 똑같이 중학교 1학년 때였다.

부모님은 두 분 모두 건재했고 가족 관계는 언제나 원만했다.

구리타는 매일 학교에 가기 전과 저녁을 먹은 후에 아버지에게 화과자 제과의 기초를 배웠다. 어려서부터 습관이어서 딱히 의문을 품지 않았다.

아버지, 구리타 가즈키는 장인 정신이 강하고 융통성이 없는 남자였다.

자기 미의식에 맞지 않는 행동은 하지 않고 언급도 하지 않았다. 어떤 의미에서 사람을 매몰차게 내치는 태도로 보이는 탓에 본심을 알기 어렵다.

그래도 기술을 가르치는 것에 천부적이었다.

실제로 사용하는 재료와 도구를 직접 써서 준비 과정을 거들게 하면서 구리타를 가르쳤다.

가즈키의 솜씨를 가까이에서 보고 모방하다 보니, 구리타는 중학교 1학년 때 이미 화과자 장인으로서 기본적인 기술을 갖추게 되었다.

어느 날 아침, 등교하기 전에 구리타는 평소처럼 하얀 가운을 입고 작업장에 섰다.

가즈키가 지켜보는 앞에서 만주에 넣을 팥소를 등분하고 둥글려서 순식간에 서른 개를 완성해 작업대 위에 올렸다.

저울에 재보니 거의 비슷한 무게였다. 가즈키는 불쑥 혼잣말처럼 말했다.

"……의무교육이 빨리 끝나면 좋겠구나."

작업장에서는 늘 엄격한 가즈키가 그날은 드물게도 입술을 올리며 웃었다.

장마철에 들어선 계절, 구리타가 중학교 생활에도 적당히 익숙해진 6월이었다.

저녁을 먹다가 구리타는 계속 가슴에 안고 있던 고민을 털어놓았다.

"진로 말인데."

"음?"

"……나, 진학할래."

삼치 양념구이로 향하던 가즈키의 젓가락이 우뚝 멈췄다.

구리타는 속으로 망설이면서도 말했다.

"중학교를 졸업해도 가게에서 일 안 할 거야……. 나는 내가
선택한 길을 갈래."

"얘가, 진!"

어머니가 나무라려고 이름을 불렀지만, 더는 말을 잇지 못
했다. 아들이 갑자기 이런 소리를 꺼낼 줄 몰랐으리라. 구리타
역시 얼마 전까지만 해도 그랬기에 어떤 의미에서 당연했다.

발단은 사소했다.

구리타는 어려서부터 운동신경이 좋아 초등학교 때는 툭하
면 운동부 시합에 대타로 불려갔다.

그런 일화가 이 주변에서 워낙 유명하다 보니, 구리타는 중
학교에 입학하자마자 여러 동아리의 권유를 받았다.

그러나 늘 그랬듯이 가게를 도와야 하니까 어렵다는 식으로
거절하던 어느 날, 권유를 거절당한 유도부원이 갑자기 이렇
게 말했다.

"뭐, 너는 화과자 장인이 되니까 어쩔 수 없겠지."

"어쩔 수 없다니, 무슨 뜻이야?"

"너희 집, 유명한 화과자 가게잖아? 중학교를 졸업하면 거기에서 일할 거 아니야. 그러니까 지금부터 수행을 해야겠지."

"아니, 딱히 그런 건……."

"그렇잖아. 그럼 수행 열심히 해!"

멀어지는 유도부원의 뒷모습을 바라보면서 중학생인 구리타는 처음으로 진로를 자기 자신의 문제로 의식했다.

그리고 의문을 품었다. 왜 가게를 물려받는 것이 당연한 전제일까?

마치 화과자 장인이 되는 레일이 깔린 것만 같았다. 너무 지나친 강요 아닌가?

마음 한구석에 그런 의문이 싹텄고, 일단 생각하기 시작하자 날마다 조금씩 부풀었다.

끙끙 고민하는 사이에 일주일이 지나고 이 주일이 지나고…… 그렇게 해서 내린 결론을 지금 이렇게 저녁 식사 자리에서 밝힌 것이다.

가즈키는 눈썹 하나 움찔하지 않고 가라앉은 목소리로 차분하게 물었다.

"가게에서 일하는 게 싫으냐?"

"그렇진 않아."

"달리 하고 싶은 일은 있고?"

"……없어."

"어이, 진."

"아직 못 찾았을 뿐이야. 어쩔 수 없잖아. 나는 정해진 길만 걷는 인생은 싫다고!"

감정을 있는 그대로 쏟아내자, 거실에 숨 막히는 침묵이 내려앉았다.

가즈키는 한동안 입을 꾹 다물고 있었으나, 곧 숨을 길게 내쉬고 말했다.

"알겠다."

"어……?"

"네 장래야. 하고 싶은 대로 해라. 고등학교를 졸업한 뒤라도, 대학을 나온 뒤라도, 이 사회의 풍파에 시달린 뒤라도 늦진 않아."

가즈키는 젓가락과 밥그릇을 들고 아무 일도 없었다는 듯이 다시 밥을 먹었다.

구리타는 김이 샜다. 당연히 혼이 나리라 예상했기에 아버지가 이렇게 이해심을 보여준 것이 너무나 의외였다. 어떤 의미에서 내쳐진 것 같았다.

남자답지 않다고 생각했다.

왠지 시시했다.

너는 무슨 일이 있어도 이 가게를 물려받아야 한다고 화를 내며 호통을 쳐준다면 감정이 정리됐을지도 모른다……. 마음 어딘가에서 그런 간편한 전개를 기대했던 자신을 깨닫고 구리타는 갈 곳 없는 초조함을 느꼈다.

감정을 털어놓았으니 속이 후련해야 하는데, 역효과였다.

그 후, 거실에서 세 가족은 묵묵히 젓가락을 움직였다.

저녁 식사 후 불만스럽게 거실에서 나가려는 구리타를 가즈키가 불러 세웠다.

"진, 잠깐 산책 좀 하자."

"……응."

조금 전의 이야기를 이어서 할 생각이겠지. 이번에야말로 아버지다운 강경한 주장을 들을 수 있겠다고 내심 기대하며 구리타는 가즈키와 함께 밖으로 나왔다.

어릴 때는 자주 아버지와 함께 아사쿠사 여기저기를 다녔지만, 십대가 된 이후로는 처음이었다.

구리타는 어떤 태도를 보이며 어떻게 말해야 할지 몰랐고 가즈키 역시 그랬는지, 둘은 오랜지 거리를 말도 나누지 않고 찜찜한 분위기로 걸었다.

어두침침한 조명이 비치는 아케이드를 지나 가미나리몬이 가까워질 무렵에 구리타가 입을 열었다.

"저기, 아버지……."

더 강경하게 말해줘도 된다고 생각하면서도 이 마음을 어떻게 전해야 할지 망설이던 그때, 갑자기 비명이 들렸다.

"응?"

자세히 보니 가미나리몬 옆의 호텔 앞에서 두 여성이 질 나쁜 놈들에게 둘러싸여 있었다.

두 여성 다 여행용 가방을 들고 있으니 관광객일 것이다.

사내들은 십대 후반. 야비한 분위기를 풍기는 양아치였다. 그중에 유독 체격이 큰 녀석을 보고 구리타는 미간을 찌푸렸다. 직접 만난 적은 없어도 먼발치에서 몇 번쯤 보아 아는 녀석이었다.

고등학교를 중퇴한 후에 취업도 안 하고 이 근방을 배회하는 유명한 불량배, 사가와였다.

완력이 센 데다 소문에 따르면 머리 나사가 풀렸는지 앞뒤 분간 못 하고 아무에게나 폭력을 쓴다고 한다. 구리타의 중학교 친구들도 놈과는 엮이지 않으려고 경계했다.

사가와는 두 여성 관광객에게 돈을 뜯어내려는 것 같았다.

다른 무리는 그다지 내키지 않는지 억지로 따르는 분위기였다.

"……진, 여기 있어라."

가즈키는 구리타를 두고 달려가 그들 사이에 끼어들었다.

"그만둬. 집에 가서 잠이나 자, 애송이들."

"뭐야 넌……? 늙은이는 꺼져."

걸걸한 목소리로 위협하는 사가와를 무시하고 가즈키는 두 여성에게 속삭였다.

"도망치세요."

"죄, 죄송해요!"

그들은 가즈키에게 꾸벅 인사하고 가방을 끌고서 아케이드 방향으로 내달렸다.

남은 것은 사가와 무리와 가즈키.

사가와는 딱히 아쉬워하는 기색 없이 주위를 둘러보더니 코웃음을 쳤다.

"아아, 도망쳤잖아. 어떻게 해주실 거야."

"알 게 뭐냐."

"흐응……. 저기 있는 거, 아들이지? 웃기셔. 아들한테 멋진 모습을 보여주고 싶나 봐?"

사가와가 구리타 쪽을 턱짓하자, 가즈키가 미간에 살짝 주름을 잡았다.

그때, 사가와가 자세를 낮추고 돌진했다.

"······깔보지 마!"

엉겨 붙어서 땅에 쓰러뜨리고 그 위에 올라타 얼굴을 팰 속셈이었으리라.

그러나 가즈키는 꿈쩍도 하지 않았다. 사가와를 내려다보며 냉담하게 말했다.

"뭐 하자는 거냐, 네 녀석."

"이, 이 새끼가······!"

욱한 사가와가 가즈키의 복부에 멀리서 봐도 강렬한 주먹을 날렸다.

가즈키는 표정 하나 바꾸지 않았다.

멀리서 그 모습을 지켜보며 구리타는 당연하다고 생각했다.

저런 놈들, 한주먹거리도 아니다. 아버지의 복근은 완벽하게 탄탄하다. 한 손으로 팔굽혀펴기를 할 수 있을 정도로 완력도 세다.

애초에 구리타의 뛰어난 운동신경은 아버지에게 물려받았다. 때려눕혀, 속으로 외쳤다.

그러나 가즈키는 반격하지 않았다.

사가와의 주먹에 맞아 입가에 피가 맺혔다. 몇 방을 맞아도 우뚝 서 있기만 했다.

왜 맞기만 하는 거야. 남자라면 빨리 반격하라고…… 하고 구리타는 안타까워서 이를 악물었다. 설마 저런 녀석한테 겁을 먹어서 저러나 하는 의심도 머릿속을 스쳤다.

구리타의 바람과 달리 가즈키는 무저항으로 공격을 받았다.

이윽고 사가와는 주먹이 아팠는지, 손등을 쥐고 꼴사납게 얼굴을 찡그렸다.

"……이, 이제 됐어. 어이, 가자!"

저항하지 않는 가즈키에 겁을 먹었는지, 흔해빠진 대사를 남기고 그들은 도망쳤다.

"괘, 괜찮아, 아버지?"

후다닥 달려간 구리타에게 가즈키는 담담한 말투로 대답했다.

"신경 쓰지 마."

구리타는 안도했지만, 직후 머리끝까지 피가 솟구쳤다. 으르렁거리는 소리가 저절로 흘러나왔다.

"……왜 반격하지 않았어."

"뭐라고?"

"남자답지 않잖아!"

비명처럼 외치고, 구리타는 밤의 번화가로 달려갔다.

그들이 진을 친다는 야외 주차장은 예전부터 소문으로 들어 알고 있었다.

구리타가 그곳에 쳐들어갔을 때, 사가와는 무리와 함께 바닥에 앉아 맥주를 마시고 있었다.

"너, 아까 그? 여긴 왜……."

"우리 아버지를 무시하지 마!"

구리타는 사가와에게 덤벼들었다.

체격에 차이가 나도 구리타는 어려서부터 싸움에 익숙했다. 어둠 속에서, 타고난 반사 신경을 활용해 사가와의 주먹을 죄다 피하고 공격에 나섰다. 무리는 구리타의 기백에 눌려 끼어들지 않았다.

사가와의 무방비한 복부에 몇 방을 먹였다.

마침내 사가와가 의식을 잃고 쓰러졌다. 승부가 났다.

어둑어둑한 작은 조명이 비치는 밤의 주차장. 어깨를 들썩이며 간신히 버티고 선 구리타를 완전히 기세가 꺾인 무리가 입도 벙긋하지 못하고 바라보았다.

*

긴 회상에서 빠져나온 구리타는 모자를 고쳐 쓰고 중얼거렸다.

"……아버지."

지금이라면 안다. 그때 아버지가 반격하지 않은 이유는 아들을 지키기 위해서였다.

가까이에 있는 구리타가 복수의 표적이 되지 않게 막으려고. 또 안이하게 폭력을 쓰는 모습을 보여주고 싶지 않았을 것이다.

그때 자신은 아직 어려서 아무것도 몰랐다.

매몰차게 내치는 것처럼 보인 태도도 자식을 독립적인 한 인격으로 인정하고 존중했기 때문이다. 꼬맹이 취급하지 않고 대등하게 대해주었다.

작업장으로 향하며 구리타는 생각했다.

그 오코노기라는 남자에게도 문제가 있지만, 역시 아들과의 불화는 해결해주고 싶다. 회복할 수 없게 어긋난 후에는 늦으니까…….

포렴을 걷고 작업장으로 들어가자 나카노조가 어깨를 능숙하게 으쓱이며 맞아주었다.

"구리 씨 늦었잖아요? 저, 기다리다 지쳤어요."

"하? 너, 그렇게 일에 열심이었냐."

"싫어라. 일이 아니라 구리 씨를 기다렸다고요."

"그, 그래……. 뭐야, 기분 나쁘잖아! 빨리 일이나 해!"

평소처럼 구리타는 무뚝뚝한 표정으로, 나카노조는 청량하게 웃는 표정으로 작업을 시작했다.

*

다음 주 토요일.

구리마루당의 찻집, 분위기 좋은 안쪽 자리에서 유카가 활기찬 목소리를 높였다.

"그런 일이 있었구나! 좋겠다. 나도 끼고 싶어."

"낄 정도로 즐거운 얘기가 아니다만?"

"그래도 일에 써먹을 수 있을 것 같으니까."

왕성한 구경꾼 근성을 발휘하는 야가미 유카. 구리타와 같은 나이에 같은 초등학교 출신으로, 맛집 전문잡지를 중심으로 활약하는 기자이다.

발랄한 외모와 부드럽게 컬을 넣은 머리카락이 인상적으로, 오늘은 캐주얼한 사복을 입고 있었다. 본인 주장에 따르면 어떤 옷을 입어도 잘 어울린다고 한다.

유카는 지금 찻집 구석진 자리에서 참깨 경단을 먹으며 구리타와 잡담을 나누고 있었다.

지난번 가미나리오꼬시 사건을 들은 유카는 그 자리에 자기도 동석했으면 좋았겠다고 너무나 안타까워했다.

"역시 좀 더 자주 와야겠어. 그 오코노기 씨 일도 포함해서 여러 가지 사건에 참여하지 못했어."

"오지 마. 이벤트 감각으로 오지 마. 지금도 일주일에 한 번씩은 오잖아."

"뭐 어때. 오늘은 안 온 것 같지만 아오이 씨도 자주 오잖아?"

"아아…… 그 사람은 괜찮아. 아사쿠사 관광을 겸해서 들르는 거니까. 참고로 내일 또 놀러 온다고 해."

"……윽. 내일은 취재 예정이."

유카가 뺨을 부풀렸을 때, 가게 출입구 쪽에서 시호의 빠릿빠릿한 목소리가 들렸다.

"어이, 구리. 너를 찾는 손님이 왔어!"

"손님? 나한테?"

구리타가 의아한 표정으로 돌아보았다. 찻집으로 들어선 사람은 조금 전까지 화제에 올랐던 당사자인 오코노기였다.

"이거 자꾸만 실례합니다, 구리타 씨."

"어……. 또 무슨 일로?"

설마. 불길한 예감에 사로잡힌 구리타에게 오코노기가 멋쩍은 듯이 안경테를 꾹 누르며 말했다.

"지난번엔 힘을 써주셨는데 죄송하게 됐습니다……. 그것도 아니었어요."

무심코 미간에 주름이 잡혔다.

오코노기는 유카에게 눈인사를 하고 조금 쭈뼛거리며 그 자리에 멀뚱히 서 있었다. 그러고 보니 둘이 첫 대면이라는 것을 깨닫고 구리타는 간단히 유카를 소개했다.

"이쪽도 사정을 알고 있으니까 괜찮습니다."

"아, 그런가요……."

오코노기는 힘없이 다가와 구리타, 유카와 같은 탁자에 앉아 생기 없는 표정으로 말했다.

지난주, 구리타가 가르쳐준 모든 가게의 가미나리오꼬시를 산 오코노기는 화과자 상자를 몇 개나 들고 귀가했다.

가즈야의 방으로 가져가 짜증스럽게 미간을 찌푸리는 아들에게 먹어보라고 애원했다.

처음에는 싫다고 하던 가즈야도 오코노기의 열의에 밀려 떨떠름하게 입에 넣었다.

자그마한 널빤지 같은 가미나리오꼬시를 이로 야금 깨물더니 "……맛없어!" 하고 가즈야는 얼굴을 잔뜩 찡그리며 뱉어냈다.

"젠장…… 뭐 하자는 건데!"

"미, 미안하다. 가즈야!"

이것도 아니었나. 오코노기는 다른 가미나리오꼬시를 준비했다. 어떻게든 가즈야를 달래서 먹였으나 이번에도 맛없다고 했다.

거짓말 같지 않았다. 정말 절박한 음색이었고 얼굴에는 혐오감이 가득했다.

오코노기는 필사적으로 모든 가미나리오꼬시를 먹였으나, 그 어떤 것도 아들을 만족시키지 못했다. 향수를 불러일으키는 가미나리오꼬시의 향긋한 냄새가 방바닥에 묵직하게 내려앉았다.

마침내 더는 참지 못하겠는지 가즈야가 화과자 상자를 난폭하게 후려쳐서 안에 든 가미노리오꼬시가 우르르 쏟아졌다.

"그만 좀 하라니까!"

가늘게 민 눈썹을 바싹 세우고 가즈야가 외쳤다.

"아까부터 집요하게……. 나이는 어디로 처먹었어? 맛없다고! 땅콩 냄새가 싫단 말이야! 두 번 다시 이런 거 가져오지 마!"

붙잡을 새도 없이 가즈야는 방을 뛰어나갔다.

오코노기가 이야기를 마치자 세 사람 사이에 싸늘한 침묵이 흘렀다.

"……그게 뭐야?"

유카가 촉촉한 입술을 불쾌하게 삐죽였다.

"오코노기 씨, 거듭 아사쿠사까지 와서 노력했잖아요? 부모의 마음을 대체 뭐라고 생각하는 거야."

유카는 진심으로 화가 치밀었는지 하얀 양쪽 주먹을 꽉 움켜쥐었다.

"그럴 때는 맛없어도 맛있다고 해야지. 중학생이라면 그 정도 분위기는 읽을 수 있잖아!"

"아니, 분위기를 읽으면 의미가 없지."

분노하는 유카를 진정시키는 한편, 구리타는 의아했다. 말로 표현하긴 어려운데 납득이 되지 않았다. 이렇게까지 했는데 서로 이해하지 못할 일일까?

맞은편의 오코노기는 탁자에 양쪽 팔꿈치를 올리고 한숨을 쉬었다.

"구리타 씨, 달리 괜찮은 가미나리오꼬시 가게가…… 있을까요?"

머리를 굴려도 떠오르지 않아 구리타는 묵묵히 고개를 저었다.

"그렇습니까."

오코노기는 머리를 와락 감쌌다.

"이제…… 어떻게 하면 좋을지 모르겠습니다. 잘될 거라 믿었는데 오히려 관계를 악화시키다니."

침울한 분위기가 깔려 모두가 할 말을 찾지 못할 때, 갑자기 유카가 드센 목소리를 냈다.

"잠깐만! 그거 좀 이상하지 않아?"

"유카……?"

뾰로통한 표정을 짓는 그녀의 모습에 구리타와 오코노기는 당황했다.

유카는 얼굴까지 붉히며 주장했다.

"오코노기 씨, 아드님한테 다가가려고 굉장히 노력하시는 것 같은데…… 반대잖아요! 고민하실 것 없어요. 그런 제멋대로 꼬맹이는 한 번쯤 화끈하게 혼쭐을 내면 된다고요. 우격다짐으로 가미나리오꼬시를 있는 대로 입에 쑤셔 넣어요!"

무시무시한 소리를 한다.

그러나 구리타는 유카의 그런 성격이 싫진 않았다. 미묘하게 일리가 있다 생각하며 구리타는 말했다.

"그야 유카의 아이디어는 너무 극단적이지만……. 오코노기 씨, 아드님한테 너무 양보하는 것 아닌가요? 무엇보다 좋아하는 음식으로 기분이 나아진다는 건 어릴 적 얘기예요. 이제 중학생이니까 정면으로 맞부딪히거나, 때로는 의견을 주장하는 것도 필요하지 않을까요."

구리타가 객관적으로 생각하라고 권유하자, 생각보다 냉정한 태도로 오코노기가 말을 받았다.

"알고 있습니다. 일반적으로 생각하면 그렇죠……."

오코노기는 진지한 표정으로 말했다.

"그렇지만 이번에는 아무래도 그러고 싶지 않아서요."

과자로 환심을 살 수 있을 정도로 어린애라고 생각하지 않는다. 그러나 가즈야와 성실하게 마주하려고 노력하는 자신의 마음을 보여주고 싶다. 속을 터놓고 본심을 이야기하는 계기가 필요하다고 오코노기는 설명했다.

"저는 말입니다, 구리타 씨. 지금도 깊이 후회하고 있습니다. 원래라면 아내와 아들 셋이서 함께 보냈어야 했을 그 시간…… 잃어버린 가족의 단란함……."

지금도 때때로 그 기억이 떠오른다고 오코노기는 말했다.

예를 들어 어느 날 아침의 풍경.

화기애애한 분위기로 세 가족이 사이좋게 식탁에 앉았다.

탁자 위에 차려진 아침 식사는 밥, 구운 김, 미역과 유부 된장국, 아름다운 레몬색 달걀말이, 칼집을 넣어 조금 태운 소시지.

아직 어린 가즈야가 밥과 달걀말이를 맛있게 먹다가 문득 오코노기의 접시를 보고 눈을 동그랗게 떴다.

"아! 아빠, 또 반찬만 먼저 먹는다!"

"어머, 정말이네."

오코노기의 접시를 보고 살짝 눈썹을 찡그린 아내가 옆에 앉은 가즈야와 마주 보았다.

　"가즈야는 밥이랑 반찬이랑 번갈아서 잘 먹는데."

　"응!"

　"……그게, 예전부터 이렇게 되더라고."

　쓴웃음을 지으며 변명하는 오코노기에게 가즈야가 환하게 웃는 얼굴을 보여주었다.

　"그럼 내가 먹는 법을 가르쳐줄게! 속으로 계속 말하면 돼. 반찬, 밥, 된장국. 반찬, 밥, 된장국……."

　손가락을 꼽으며 의기양양하게 말하는 가즈야를 보며 아내는 행복하게 웃었다.

　"……그 더없이 소중한 날은 이제 돌아오지 않습니다. 영원히 잃어버렸죠."

　"오코노기 씨……."

　"이건 제게 어떤 의미에서 속죄입니다, 구리타 씨."

　오코노기는 입술을 살짝 떨며 신음했다.

　"그래요, 어리석은 아비인 제가 하는 최소한의 속죄……. 예전의 저는 오로지 일만 생각했습니다. 아내도 아들도 제 상황에 맞춰서 해석했죠. 그러니 이번에는 강압적으로 나무라지 않고 가즈야와 마주하고 싶어요. ……저는 두 번 다시 소중한 것을 잃고 싶지 않습니다!"

구리타의 의식이 순간 과거로 날아갔다.

……구리타가 사춘기였던 그 시절, 아버지도 속으로 이렇게 고민했을까.

오코노기 정도는 아니라도 아마 고민했으리라. 나이와 관계없이 누구나 그 순간의 자기 나름대로 진지하게 고민하고 망설이기에 엇갈리고 만다.

"젠장, 귀찮아죽겠네."

"……죄송합니다."

"됐수다."

"네……?"

당황하는 오코노기와 유카 앞에서 구리타는 무뚝뚝하게 선언했다.

"아드님이 좋아하는 가미나리오꼬시를 어느 가게에서 파는지는 몰라. 그래도 이제 됐어. 모르면 직접 만들면 되니까."

"구리타 씨……?"

"맛있는 가미나리오꼬시가 필요하지? 지금부터 내가 만들어주겠어."

구름 사이로 빛이 내리쬐는 것처럼 오코노기와 유카의 표정이 밝아졌다.

"와아! 이렇게 나와야 구리지!"

"시끄러워……. 왜 네가 그렇게 좋아하는데."

들뜬 유카를 무시하고, 구리타는 음울한 표정으로 스마트폰을 들고 자리에서 일어났다.

*

그로부터 수십 분 후. 유카와 오코노기는 하얀 가운과 모자로 갈아입었다.

작업장의 포렴을 지나기 전에 구리타는 자기 방 책장에서 꺼내 온 낡은 노트의 한 페이지를 읽고 있었다.

유카가 의아해하며 물었다.

"구리, 아까부터 그거 뭐야? 되게 오래된 것 같은데."

"보통 가미나리오꼬시는 안 만드니까 일단 복습해두려고."

"복습……?"

"나라고 처음부터 뭐든 다 만들 수 있었던 건 아니니까."

주로 고등학생 때 작성한 노트였다.

중학생 때는 불량배 보스 자리를 떠맡아 항쟁에 몰두하던 구리타였지만, 고등학생이 된 후에는 조금 차분해졌다.

부모님 시선도 있으니 집에서는 최대한 불량한 척을 안 하려고 했고, 화과자 일에도 은근히 흥미가 샘솟았다.

그렇다고 다시 화과자 장인이 되고 싶다고 말을 꺼낼 수 없는 미묘한 상황이었다.

어쩔 수 없이 독학으로 몰래 공부했다.

노트는 그때 만든 것으로, 화과자와 관련해서 조사한 지식을 적었다. 이번에 다시 확인하며 깨달았는데, 당시 이해했던 것보다 역시 실제로 해보며 배운 지금의 지식이 훨씬 풍부했다.

구리타는 연구 노트를 덮고 유카와 오코노기를 바라보았다.

"뭐, 아마 문제는 없을 거야."

"멋지다, 구리. 자신만만하잖아!"

"저도 좀 흥분이 되는데요……."

구리타는 유카와 오코노기를 데리고 작업장으로 들어갔다.

그곳은 콩과 팥소의 향긋한 냄새가 은은하게 잔류하는, 옛모습 그대로의 차분한 공간이다. 구리마루당에 진열하는 모든 과자를 구리타와 나카노조가 이곳에서 만든다.

선반에는 오래된 냄비와 굳힘 틀, 체 등이 가지런히 놓였고, 벽 쪽에 업무용 제떡기와 청결한 싱크대가 있었다.

작업실 중앙에는 스테인리스 작업대가 있는데, 거기에는 이미 나카노조가 가미나리오꼬시를 만들 때 필요한 재료와 도구를 준비해두었다.

"준비는 완벽합니다, 구리 씨. 마음껏 사용하세요."

"미안하다, 나카노조."

"아니요, 저도 가미나리오꼬시에는 흥미가 있어서요."

나카노조, 유카, 오코노시 셋은 가로로 퍼져서 구리타의 손
끝에 시선을 주었다.

유카가 호기심에 찬 눈을 빛내며 작업대 위에 놓인 대량의
쌀이 담긴 키친타월을 가리켰다.

"저기, 구리. 거기 있는 바삭바삭한 쌀은 뭐야?"

"보는 그대로 건조한 쌀이야."

"그래? 반투명한 게 예쁘다."

"쌀은 원래 반투명이니까. 밥을 지을 때는 수분과 섞여서 하
얗게 돼. 아까 스기야마 아저씨한테 전화해서 나눠달라고 부
탁했어."

"스기야마? 아, 가미나리오꼬시 가게의."

"가게에서 사용하는 재료로 정성껏 만든 거라고 해. 예전부
터 전해져 내려온 과자니까, 원래 특별한 재료가 없어도 만들
수 있는데……."

집에서 만들 때는 밥을 짓고 남은 것을 햇빛에 이틀 정도 말
려 자연 건조하면 된다고 구리타가 설명하자, 유카는 주먹으

로 손바닥을 경쾌하게 쳤다.

"그렇구나. 새롭게 배웠어! 가미나리오꼬시는 쌀로 만드는 구나."

"너……. 뭐로 만든다고 생각했냐?"

"뭔가, 그런 원재료가 있는 줄 알았어."

"쌀이야."

구리타는 냄비에 샐러드유를 붓고 강불로 달구다가 뜨거워졌을 때를 가늠해 자연 건조한 쌀을 넣었다.

내부 기압이 올라가면서 순식간에 팽창해 부풀어 올랐다.

구리타는 쌀이 하얄 때 재빨리 망으로 건지고 키친타월 위에 올렸다.

유카와 나카노조가 목소리를 높였다.

"와, 쌀이 튀겨졌어!"

"구리 씨, 이건?"

"말하자면 '오꼬시 원료'야. 유카가 말한 오꼬시의 원재료인 거지……. 커피콩을 사용하기 전에 로스팅하는 거랑 비슷해. 기름을 빼는 동안 다른 작업을 하자."

구리타는 냄비를 하나 더 준비해 엄선한 설탕과 물엿, 간장, 버터 등의 재료를 연구 노트에 적힌 배합대로 넣고 물을 부어 강불에 녹이기 시작했다.

황금색으로 끓어 점착성을 지닌 거품이 생기기 시작한 시점에 약불로 줄이고, 준비한 땅콩을 넣었다.

　가미나리오꼬시의 매력 중 하나가 땅콩의 향긋한 풍미지만, 이번에는 숨겨진 맛을 내는 정도로 소량만 넣기로 했다.

　나카노조가 어리둥절해 물었다.

　"겨우 그 정도만 넣어요? 좀 더 많이 넣어야 하지 않나."

　"조금 마음에 걸리는 게 있어서……. 아까 오코노기 씨 얘기 중에 그다지 좋아하지 않는다는 발언이 있었잖아?"

　"어어?"

　고개를 갸웃거리는 나카노조에게 구리타는 작업을 계속하며 설명했다.

　"'맛없다고! 땅콩 냄새가 싫단 말이야!'라고 했는데, 별 뜻이 없을지도 모르지만 빈틈없이 하려고."

　"아아, 그러고 보니!"

　놀란 표정을 지은 오코노기에게 구리타가 걱정하지 말라는 듯이 한쪽 눈썹을 찡긋거렸다.

　"물론 이 정도 양이라도 향은 충분히 나. 모양은 안 나도 풍미가 나면 그만이지. 자, 이제 마지막 작업이야."

　구리타는 금방 만들어둔 오꼬시 원료를 냄비에 대량 투입해 능숙하게 뒤섞었다.

그 상태로 굳지 않도록 쿠킹시트를 깐 틀에 재빨리 담았다.

뭉개듯이 누르고 펴면서 요령 좋게 평평하게 했다.

조금 지나자 식어서 굳어졌다.

먹기 좋게 세로로 길게 잘라 수제 가미나리오꼬시를 완성했다.

"와아…… 좋은 냄새!"

유카가 들뜬 목소리로 말했다.

"구리, 시식해도 될까?"

"오오. 다들 먹어봐."

갓 만들어진 가미나리오꼬시를 유카와 나카노조, 오코노기가 흥분해서 냉큼 쥐었다.

코에 가까이 대고 독특한 향기를 즐긴 후에 한입 깨물었다. 바사삭 기분 좋은 소리를 내며 부서진 가미나리오꼬시를 리드미컬하게 씹어 삼켰다.

순간, 유카가 환성을 질렀다.

"……으응, 아작아작해!"

환하게 웃으며 눈을 가늘게 뜬 유카는 연체동물처럼 몸을 흔들었다.

"막 만든 건 이런 느낌이구나! 더 딱딱할 줄 알았는데 식감이 되게 가벼워. 달콤한 맛이 잔뜩 배어 나오고 입안에서 부드럽게 부서져. 맛있다아아! 나, 이거 좋아!"

유카 옆에 선 오코노기는 안경 너머로 눈을 가늘게 뜨고 있었다.

"정말 그렇군요……. 맛이 좋아요! 왠지 그리운 느낌입니다. 어렸을 때 이런 걸 자주 먹은 것 같아요."

쌀로 만들었기에 먹어본 적 없는 사람에게도 신비하게 향수를 불러일으키는 맛이다.

"쌀 그 자체답게 전통적이면서 소박한 단맛……. 이거 곤란하군. 손이 멈추질 않아요."

오코노기가 연달아 가미나리오꼬시에 손을 뻗어 우걱우걱 먹었다. 유카가 조금 기겁할 정도로 오코노기의 흥분은 대단했다.

나카노조는 자신 역시 화과자 장인이라는 멀끔한 얼굴로 만족스럽게 먹었다.

"역시 구리 씨, 이 적절한 단맛이 절묘해요. 아삭아삭 경쾌한 맛을 즐기다 보면 흐트러진 쌀 사이로 설탕과 물엿의 연한 단맛이 은근하게 침에 녹아들어서, 순식간에 다 먹어치우게 되네요……. 자꾸만 더 먹고 싶어져요."

"나도!"

"저도 그렇습니다."

"너무 많이 먹잖아. 이러다 다 먹겠어!"

구리타가 허둥거리며 시식을 중단했다.

그 후, 구리타는 가미나리오꼬시를 종이 상자에 적당히 담아 오코노기에게 건넸다.

"……이번에는 가즈야도 만족할 겁니다. 구리타 씨, 감사합니다!"

오코노기는 연거푸 고맙다고 인사하며 상자를 소중히 안고 돌아갔다.

*

다음 날, 일요일 정오를 지난 시각. 구리마루당은 휴일도 영업하지만 지금은 점심 휴식 시간이었다.

평소처럼 약속 장소인 마스터의 카페에서 구리타와 아오이는 커피를 마셨다. 일상의 잡무에서 해방되어 재충전하는 기분 좋은 시간이었다.

어제 있었던 일을 구리타가 설명하자 아오이는 기뻐하며 투명감 넘치는 매력적인 미소를 보여주었다.

"좋은 이야기네요. 유카 씨가 부러워요. 저도 그 자리에 있었으면 좋았을 텐데!"

"아니, 그냥 가미나리오꼬시를 만들었을 뿐이야."

"그게 좋은 거죠."

아오이가 묘하게 당당한 표정으로 말해서 구리타는 눈을 깜박였다.

"그게…… 이렇게 말하면 좀 그렇지만, 오코노기 씨는 손님도 뭣도 아니잖아요. 게다가 구리마루당의 상품도 아니에요, 가미나리오꼬시는."

몸짓을 섞어 가며 아오이가 지나치게 솔직한 소리를 했다.

그러나 사실이긴 했다. 아오이는 친절한 성격이지만, 뜻밖에도 그런 부분에 집착하는 사람이다.

"구리타 씨는 사이가 어긋나버린 아버지와 아들을 도저히 내버려둘 수 없었다…… 그런 거죠? 어떻게든 도와드리고 싶었죠? 정이 두터운 변두리 동네 남자로서."

"딱히 그런 건……."

"다른 사람을 도와주는 남자는 정말 멋있어요. 평소 무뚝뚝한 남자가 벌떡 일어나 부루퉁한 표정으로 도전하는 비전의 메뉴. 뜨거운 냄비 속에서 작렬하는 오꼬시 원료! 상상하니까 제 마음에도 번개가 우르릉거려요."

"제발 그만해주라……."

돕는다기보다 단순히 하고 싶어서 했을 뿐이다. 인간으로서 그런 마음의 여유를 잃고 싶지 않았다.

그때, 갑자기 전화가 걸려왔다.

스마트폰 액정을 보니 구리마루당에 있을 나카노조의 전화였다. 아오이에게 양해를 구하고 전화를 받자, 절박한 목소리가 들렸다.

"……구리 씨, 지금 당장 가게로 와주세요! 긴급 상황입니다!"

"뭐야. 흥분하지 말고. 침착하게 무슨 일인지 말해."

"가게에 양아치가 쳐들어왔어요! 행패를 부리려고 해요!"

"뭐야?"

구리타와 아오이는 마스터의 가게에서 나와 서둘러 구리마루당으로 달렸다.

가게에 들어가자 안에서 떠들어대는 소리가 들렸다.

양아치라, 구리타는 속으로 중얼거렸다. 설마 옛날 불량배 동료들인가?

이제 와서 무슨 용건일지 생각하며 아오이와 함께 찻집으로 들어갔는데, 예상을 벗어난 광경이 펼쳐져서 발이 멈췄다.

"어……?"

찻집 중앙에서 시호 그리고 그 뒤에 숨은 나카노조가 한 소년과 말다툼을 하고 있었다.

소년은 대충 보아 십대 초반. 외모 자체는 중성적인데, 눈썹을 가늘게 밀었고 잔뜩 흥분해서 커다란 눈을 위협적으로 빛내고 있었다.

　새까만 군용 재킷 앞을 풀어헤치고, 밝게 염색한 머리를 뾰족하게 세우고 목에 화려한 목걸이를 건 모습은 누가 봐도 싸움을 걸러 온 양아치 같았다.

　손님이 모두 도망쳤는지 가게 안에 다른 사람이 없었다.

　시호가 질 나쁜 소년을 노려보며 날카롭게 몰아세웠다.

　"도대체 가정교육을 어떻게 받았는지 모르겠는데 적당히 해! 여긴 화과자를 즐기는 곳이지 애송이를 상대해주는 곳이 아니야. 나가, 썩 꺼져."

　"시끄러워, 누가 애송이야. 당장 그놈들을 불러!"

　소년이 가까운 탁자를 주먹으로 쳐 넘어뜨리는 바람에 요란한 소음이 났다.

　"계집은 닥치고 있어!"

　"뭐야? 애라서 봐줬더니 이게 무서운 줄 모르고."

　머리끝까지 화가 났는지 시호의 어깨가 높이 솟았다.

　"자, 잠깐만요, 시호 씨. 죽이면 안 된다고요!"

　소년을 덮치려는 시호를 나카노조가 뒤에서 겨드랑이를 붙들고 필사적으로 말렸다.

"이거 봐, 나카노조! 이런 애송이는 한 번쯤은 저세상으로
보내야······."

"보, 보내면 돌아오지 못한다고요!"

아수라장이었다.

그때, 구리타는 깨달았다. 이 소년은 예전 불량배 무리가 아
니다. 그렇다면.

"너, 오코노기 씨의 아들인······ 가즈야지?"

"······읏!"

정답이었나 보다. 구리타의 말에 반응한 소년이 적의 가득
한 시선을 돌렸다.

"그짝들인가······."

가즈야는 코웃음을 치더니 주머니에 양손을 찔러 넣고 위협
적으로 노려보았다.

그러나 구리타 눈에는 전혀 박력이 느껴지지 않았다.

구리타는 터덜터덜 가즈야에게 다가갔다. 등 뒤에서 아오이
도 겁을 먹고 따라왔다.

"내가 여기 주인인 구리타 진이다. 무슨 용건이지, 오코노기
가즈야. 우리 가게의 마메다이후쿠라도 먹으러 왔나?"

"그럴 리가 있겠어!"

"아, 그래. 그런데 소리 지르지 마, 꼬맹이. 그냥 말해도 들리

는 거리야."

"닥쳐! 그짝도 기껏해야 대학교 1회생 정도잖아. 잘난 척하지 마!"

구리타는 벌써 지루했다. 미안하지만 아무래도 상관없는 대거리였다.

"……그래서 대체 무슨 일인데?"

구리타가 본론으로 들어가자, 가즈야는 조금 호흡을 가다듬고 낮은 목소리로 중얼거렸다.

"한마디 해주려고 왔어. ……쓸데없는 짓 하지 마."

"쓸데없는 짓?"

"우리 아버지 말이야! 그짝이 협력한 거지? 맛없는 가미나리오꼬시를 자꾸 먹이려고 들어서 나도 열이 뻗친다고."

구리타는 미간을 찌푸렸다. 어제의 가미나리오꼬시로도 아버지와 화해하지 못했나…….

"구리타라고 했지? 남의 일에 참견하기 좋아하는 놈 같다만 이제 쓸데없는 짓 하지 마. 이 가게, 친구들이랑 망하게 해줄 테니까."

"그런 걸 네가 할 수 있겠어?"

차분하기만 한 구리타의 태도가 분노에 불을 지폈는지, 가즈야가 탁자 다리를 걷어차고 날카롭게 소리쳤다.

"당연하지! 방법은 얼마든지 있어!"

"아아……?"

구리타가 충동적으로 주먹을 쥐고 몸을 내밀려는데, 구리타의 뒤에 있던 아오이가 둘 사이에 끼어들었다.

"……그러지 마세요!"

아오이는 무슨 이유에선지 폭력 행위에 과잉 반응을 보이며 언제든 미리 막으려는 경향이 있다.

아오이는 의연한 태도로 가즈야를 똑바로 바라보며, 드물게도 노기등등한 목소리로 말했다.

"구리마루당은 구리타 씨와 그 조상님들이 소중하게 지켜온 곳이에요. 아주아주 훌륭한 가게라고요. 괜한 원한을 품고 바보 같은 짓을 하면 용서하지 않겠어요!"

눈앞의 가련한 미인이 이렇게 강하게 말할 줄 몰랐으리라. 가즈야는 기에 눌려 순간 말문이 막혔다.

그러나 그것이 가즈야의 자긍심에 흠집을 냈는지 불쾌하게 입술을 일그러뜨렸다.

"……지금 바보라고 했겠다?"

거친 눈빛으로 가즈야가 아오이에게 한 걸음 다가왔다. 아오이는 물러서지 않았다.

"내 어디가 바보야."

"네? 지금 충분히 설명했잖아요. 그러니까 바로 그런 점인데요."

"웃기지 마! 나는 여자라도 용서하지 않아" 하고 주먹을 휘두른 순간, 가즈야의 움직임이 얼어붙은 듯이 멈췄다.

순식간에 가즈야의 몸이 바들바들 떨리고 호흡도 거칠어졌다. 들어 올린 손을 천천히 내렸다.

앞에 선 구리타가 진심으로 가즈야를 노려보았기 때문이다.

"……아오이 씨한테 손가락 하나라도 대봐. 후회할 거다."

가즈야는 창백하게 질려 오들오들 떨기만 할 뿐, 꼼짝도 하지 못했다.

당연했다. 숙련된 진짜 불량배 구리타와 단순히 반항기일 뿐인 가즈야는 경험해온 아수라장의 세계 자체가 달랐다.

"진심이 아니었지? 그 자세와 주먹 쥔 모습을 보면 다 알아. 두 번 다시 그딴 흉내 내지 마라."

"으, 으……."

"알아들었으면 대답해."

"네, 넵!"

자포자기해서 소리친 후, 가즈야는 힘이 다 빠졌는지 넋을 놓고 바닥에 쭈그려 앉았다.

익숙하지 않은 곳에 혼자 돌진한 탓에 과도하게 힘을 썼나
보다.

구리타에게 혼쭐이 난 가즈야는 실이 끊어진 것처럼 패기를
잃고 얌전해졌다. 묻는 대로 더듬더듬 사정을 설명했다.

손님이 없는 찻집에서, 구리타 쪽 사람들은 의자에 앉은 가
즈야를 둘러싸고 이야기에 귀를 기울였다.

"아버지가 요즘 툭하면 가미나리오꼬시를 사 와서는 먹으라
고 시끄럽게 굴어서. 그래서…… 화가 나서."

가즈야는 손등을 보며 맥없이 축 처졌다.

"어제도 댁들이 만든 걸 가져왔는데 솔직히 싫어하는 맛이
었어."

"그랬나. 만족하게 해주지 못해서 미안하게 됐군."

구리타는 나직하게 중얼거렸다.

"아니…… 따지자면 우리 아버지가 잘못했지. 아버지가 억
지로 부탁한 거니까."

가즈야는 작게 혀를 찼다.

"……그런 거 열 뻗쳐. 아버지 주제에 내 안색만 살피는 것
같고."

"아아, 그래도."

아오이가 부드럽게 얼렀다.

"아버님께도 아버님 나름의 생각이 있으시지 않을까요? 그 나이 때라면 일하느라 많이 바쁘실 텐데, 아버지로서 열심히 노력하신다고 저는 생각해요."

묵묵히 아랫입술을 깨무는 가즈야에게 위로 섞인 시선을 보내며 아오이가 말했다.

"소중한 것을 잃고 상처를 많이 받은 아버님은 지금 필사적이세요. 그걸 이해해주세요. 생각해보면, 돌이킬 수 없는 걸 잃었기에 보통은 떠올리지 않을 방법에라도 매달려서 어떻게든 되돌리고 싶으신 거예요."

아오이는 다정하게 타일렀다.

"가즈야 씨, 그만큼 아버님은 당신을 소중하게 여기신답니다."

음량을 줄인 것처럼 실내의 모든 소리가 작아졌다.

"그건…… 알아."

가즈야는 입술을 악물고 중얼거렸다.

"사실은 다 알아……. 다른 사람도 아니고 내 아버지니까."

"역시. 이제 전부 이해했어요."

아오이가 맥락도 없이 전부 다 알았다는 듯이 말해서 구리타는 당황했다.

"아오이 씨?"

"아, 죄송해요. 일단 이건 나중으로 미루고 가즈야 씨, 당신이 좋아하는 오꼬시 말인데요."

"아아……. 원래 엄마랑 같이 자주 먹었어."

가즈야는 나이에 어울리게 풋풋함이 어린 표정을 지으며 말했다.

"엄마가 퇴근이 늦어지면 항상 사 왔거든……. 같이 먹었어. 내가 아직 여덟 살 정도였을 때야."

당시 가즈야는 초등학교 저학년. 밤늦게까지 혼자 집을 보는 것이 불안했다고 가즈야는 말했다.

그래서 어머니가 돌아오면 안도감이 들어 괜한 떼를 쓰며, 지금 생각하면 참 한심하지만 종종 어머니를 곤란하게 했다.

"진짜……. 오늘은 일찍 돌아온다고 했잖아!"

"미안해. 엄마도 노력했는데 예정대로 일이 잘 안 풀렸지 뭐야."

"어제도 똑같이 말했으면서."

"그랬나? 그래도 오늘은 미안하니까 선물을 사 왔지. 짜잔."

어머니는 통근용 가방에서 그것을 꺼내 보여주었다.

"아!"

"오면서 들러서 샀어. 엄마 옷 갈아입고 나올 테니까 커피

타줄래? 같이 야식으로 먹자."

잠시 후, 편한 옷으로 갈아입은 엄마와 같이 탁자에 앉아 가즈야는 그것을 먹었다.

순간 표정이 환하게 풀렸다.

"……맛있어!"

처음에는 삐쳤던 가즈야도 일단 먹기 시작하면 그때까지의 태도가 거짓말인 것처럼 기분이 좋아졌다. 편안한 표정으로 턱을 괴고 커피를 마시는 엄마와 서글서글한 웃음을 주고받았다.

"진짜 맛있어!"

"가즈야는 정말로 이걸 좋아하는구나."

"달고 아삭아삭하니까. 아빠한테도 먹여주고 싶어."

"조용한 저녁에 거실에서. 엄마랑 단둘이 자주 먹었어."

먼 곳을 바라보며 아련한 표정으로 가즈야가 말했다.

"막과자 비슷한 건데 둘이 같이 먹으니까 맛있더라……. 조금 끈적거리는데 달고……. 그게 커피랑 잘 어울려서 정말 최고로 맛있었어."

"좋은 어머님이셨네요."

"응. 다정하고 성격도 시원시원했어. 그것만이 아니야. 불평이나 불만을 입에 담지 않는 강한 사람이기도 했어. 어렸을 때,

일만 최고로 생각하는 아버지가 미워서 험담하면 엄마가 꼭 혼 냈어…… 아버지한테 그런 소리를 하는 가즈야는 싫다면서."

그 말이 지금도 여기 가슴에 남아 있다며 가즈야는 눈을 감 고 심장 근처를 꾹 눌렀다.

"대단하지. 지금 생각하면 엄마도 정말 힘들었을 텐데……."

아오이와 가즈야의 대화를 들으며 구리타는 생각했다.

가즈야가 선을 넘지 않고 망설이고 있는 것은 어머니의 그 말이 지금도 가슴속에 살아 있어서…….

그것이 부자의 신뢰를 아슬아슬한 벼랑 끝에 계속 묶어두었 던 것이다.

"쳇……. 솔직하지 않은 놈은 이래서 곤란해."

구리타가 소리 없이 길게 한숨을 쉬었다. 어쩌면 이렇게 서 투를까. 오코노기도 가즈야도 사실은 서로를 염려하는데. 안 타깝기 그지없었다.

"어이, 아오이 씨. 어떻게 할 수 없을까?"

"……에? 아, 네!"

"뭐야, 멍하니."

"아니요, 왠지 구리타 씨 발언이 본인 말씀을 하는 것처럼 들려서요. 어쨌든 제안에는 찬성이에요. 만들어요, 가즈야 씨 가 정말 좋아하는 걸!"

왠지 호흡이 척척 맞는다고 생각하며 구리타가 물었다.

"저기……. 아오이 씨는 언제부터 알았어?"

"구리타 씨의 수제 가미나리오꼬시가 정답이 아니었다고 들었을 때부터일까요."

"그렇게 일찍부터?"

"그저, 저는 정답보다 동기가 계속 궁금했어요."

"아하…… 그렇군. 아까 '역시'는 그걸 알아차려서구나. 뭐, 됐어. 아버지 쪽에는 내가 연락해둘게."

"부탁할게요."

일요일 오후는 아직 길다. 뭐가 뭔지 모르겠다는 표정인 가즈야와 시호, 나카노조를 옆에 두고 구리타는 오코노기에게 전화를 걸었다.

*

계단을 올라 지상으로 나오자 저녁 햇빛을 받은 다채로운 간판이 보였다.

아사쿠사 거리는 선명하고 활기에 넘쳐서, 그럴 상황이 아니라는 것을 알면서도 오코노기의 마음이 약간 들떴다.

그나저나 지금부터 무슨 일이 벌어질까?

인력거 호객꾼이 도롯가에 대기하고 서 있는 가미나리몬 거리 아케이드를 걸으며 오코노기는 생각했다.

구리마루당의 주인 구리타 진에게 조금 전 연락을 받았다. 마침내 가즈야가 좋아하는 과자를 알아냈으니 지금부터 먹여주겠다고 했다.

가즈야도 그 가게에 있다는 것이다. 실례되는 행동이라도 하진 않았을까. 안절부절못해서 오코노기는 지하철로 뛰어들어 아사쿠사로 향했다.

오렌지 거리를 서둘러 직진하자 곧 구리마루당이 보였다.

가게 문을 열자, 익숙한 미인이 맑은 웃음을 지으며 맞았다.

"어서 오세요. 기다리고 있었어요, 오코노기 씨. 들어오세요. 준비는 다 됐답니다."

"준비라고 하심은……."

"아, 그야 당연히 먹을 준비죠. 가즈야 군이 좋아하는 과자를 마침내 알아냈으니까요. 사실 그건 문제의 잔가지에 불과하지만요."

"……무슨 뜻이죠?"

의아해하는 오코노기를 아오이가 가게 안의 찻집으로 이끌었다. 찻집 탁자에 가즈야가 있었다.

"가즈야!"

가즈야는 고개를 휙 돌려 오코노기를 무시했다. 가까이에서 지켜보던 나카노조의 표정이 어두워졌다. 농담으로라도 우호적인 공기라고는 말할 수 없었다.

그러나 아오이는 개의치 않고 오코노기를 가즈야 맞은편에 앉힌 뒤, 자기도 탁자에 앉았다.

고개를 돌린 가즈야와 그를 비통하게 바라보는 오코노기와 차분한 아오이.

혼란스러운 분위기를 깬 것은 포렴을 헤치며 쟁반을 들고 작업장에서 나온 하얀 가운 차림의 구리타였다.

"자, 주빈도 도착했으니 먹어볼까."

구리타는 쟁반에 담긴 까만 접시 두 개를 오코노기와 가즈야 앞에 달그락 놓았다.

까만 접시 중앙에 얇은 널빤지 형태의 과자가 놓여 있어서 오코노기는 당황했다.

……이게 가즈야가 제일 좋아하는 가미나리오꼬시?

오코노기는 과자에 얼굴을 가까이 대고 살폈다. 전혀 다른 것으로 보였다.

지금까지 먹은 가미나리오꼬시와 비교해 하얗고, 엉긴 알갱이 하나하나가 아주 잘았다. 먹는 것이 아니라 뭔가 종류가 다른 고형물처럼도 보였다.

그러나 맞은편의 가즈야가 보인 반응은 달랐다.

"……윽."

솟구치는 감정을 억누르려는 것처럼 갑자기 한 손으로 얼굴을 덮었다.

"빙고군" 하고 중얼거리는 구리타를 돌아보고 오코노기가 물었다.

"구리타 씨, 이건 어느 가게의 가미나리오꼬시입니까?"

"가미나리오꼬시가 아닙니다. 이건 아와오꼬시."

"아와오꼬시……? 뭔가요, 그건?"

오꼬시의 일종이라고 구리타는 대답했다.

"선입견 때문에 빙 돌아온 셈인데, 원래 가즈야가 좋아하는 과자는 가미나리오꼬시가 아니었습니다. 뭐, 어쨌든 일단은 지금 막 만든 것이니 드시죠."

구리타의 재촉에 여전히 혼란스러운 채로 오코노기는 아와오꼬시를 입으로 가져갔다.

깨물기 직전에 쌀 특유의 향긋한 풍미가 물씬 풍기며 코를 간질였다.

생각보다 씹히는 감촉이 강했다.

아작 깨물자 부스러진 파편과 함께 볶은 곡물 알갱이가 우르르 떨어졌다.

그와 동시에 물엿의 담백한 단맛이 혀로 은은하게 스며들었다.

순식간에 입안 가득 침이 고여 파편을 적시고 부드럽게 부풀렸다.

쌀, 참깨, 그런 곡물의 풍미와 소박한 단맛이 고루 섞여 바삭바삭 씹히는 감촉이 훨씬 좋아졌다.

입을 가득 채우는 생강의 풍미. 온정이 듬뿍 넘치는 전통의 맛……

향긋하면서 몸이 반기는 단맛이 부드럽게 목을 넘어갔다.

"맛있어……."

솔직하게 중얼거린 직후, 깜짝 놀라 정신을 차린 오코노기가 안경을 추슬렀다.

"이런, 나도 모르게……. 그나저나 구리타 씨, 아와오꼬시는 뭐죠? 저는 들어본 적이 없습니다."

"쭉 도쿄에서 산 사람이라면 그럴 겁니다. 오꼬시에는 종류가 있어요, 오코노기 씨. 쌀 등의 곡물을 가공해서 달게 굳힌 히가시라는 기초는 똑같지만, 제조법의 세부적인 부분이 달라요. 도쿄에서 유명한 것은 아사쿠사 명물인 가미나리오꼬시, 아와오꼬시는 오사카 명물입니다."

구리타는 유창하게 설명했다.

가미나리오꼬시는 오꼬시 원료에 설탕, 물엿, 땅콩 등을 섞어 고형화한 것. 특히 땅콩의 향기가 인상적이다.

아와오꼬시는 작게 부순 오꼬시 원료와 설탕, 물엿, 참깨, 생강 등을 섞어 굳힌 것으로 참깨와 생강 풍미가 강하다.

좁쌀*을 사용하는 것이 아니라 원재료인 쌀을 좁쌀처럼 잘게 부순다는 의미인데, 한층 더 곱게 분쇄하면 굳혔을 때 알갱이와 알갱이 사이에 틈이 거의 없어서 결합이 강해진다. 바위** 처럼 딱딱하게 만드는 그 과자는 아와오꼬시와 구별해 이와오꼬시라고 부른다.

"그렇군요, 오사카 명물…… . 앗!"

오코노기도 그제야 깨달았다.

옆에 앉은 아오이가 검지를 까딱이며 말했다.

"네, 맞아요. 사모님과 가즈야 군이 이사 간 곳은 오사카였죠? 사모님이 아사쿠사 출신이어서 당연히 가미나리오꼬시라는 선입견이 생긴 것 같은데, 사실은 아와오꼬시였어요."

오코노기의 머릿속에 문득 세상을 떠난 아내의 목소리가 울렸다.

'오꼬시. 가즈야가 좋아하는 거. 몰랐지? 싸웠을 때 같이 먹

---

* 일본어로 '좁쌀'는 '아와'이다.
** 일본어로 '바위'는 '이와'이다.

으면서 얘기하면 좋아.'

오코노기는 손바닥으로 무릎을 탁 쳤다. 아내의 근무지에 찾아가서 한 번쯤이라도 관광을 했다면 틀림없이 금방 알았을 것이다. 가족과의 관계에 소홀했던 대가가 돌아온 셈이다.

"그건 가미나리오꼬시가 아니라 내가 지레짐작한 거였나……. 그런데 여러분은 어떻게 그걸?"

"아아, 다른 가능성이 사라진 시점에서 남은 건 이제 이것뿐이다 싶었죠."

아오이가 시원시원 말하자, 구리타가 무뚝뚝하게 말을 받았다.

"나는 아까 가즈야의 말투에서 깨달았어……. 저 녀석, 화가 나면 오사카 사투리를 대놓고 쓰더라고. 상대방을 그짝이라고 부르고 대학교 1학년생을 1회생이라고 표현했으니까 그래서 오사카의 아와오꼬시인 줄 알아차렸지."

"여기까지는 이야기의 서두에 해당하고…… 몰랐던 건 동기였어요."

이제부터가 본론이라는 듯이 아오이가 늘씬한 턱을 우아하게 쥐고 말했다.

"가즈야 군에게 이번 사건은 정말 안타까웠을 거예요. 아와오꼬시를 좋아하는데 아버지는 가미나리오꼬시만 사오니까요. 그런데 그냥 '내가 좋아하는 건 아와오꼬시'라고 한마디 했으면 끝날 문제였죠. 가즈야 군은 왜 말하지 않았을까요?"

그 말이 옳다고 오코노기는 고개를 끄덕였다. ……어째서 가즈야는 불쾌함을 참으면서까지 진실을 말하지 않았을까?

가즈야는 한 손으로 얼굴을 감싸고 있어서 표정이 보이지 않았다.

"잘 모르시는 것 같으니까 제가 다 말씀드릴게요."

"그, 그만둬……."

가즈야가 모깃소리로 중얼거렸으나 "안 그만둬요" 하고 아오이가 상냥하게 웃더니 말했다.

"그건…… 가즈야 군 나름의 다정함이었어요."

"음?"

"쭉 도쿄에서 산 오코노기 씨는 아와오꼬시를 모르시죠? 가즈야 군은 아직 중학생이지만 부모님의 마음을 잘 이해하는 아이였어요. 아버지에게 반항하면서도 한편으로 자꾸만 가미나리오꼬시를 사다 주는 서툰 배려에 고마움을 느꼈죠. 그래서 망설였어요. 보란 듯이 '아버지가 없는 동안에 어머니와 나눈 추억'을 내보이는 것을……."

오코노기의 시선이 흔들렸다.

"이상…… 이것이 이번 오꼬시 소동의 핵심이었어요."

아오이가 부드럽게 막을 내렸으나, 오코노기의 얼굴에 서서히 열기가 몰렸다.

이 얼마나 어리석었나. 오코노기는 부끄러웠다.

자신은 가즈야를 위해서 정성을 다하려고 했다.

그러나 그 '위해서'는 알량한 자기만족이었다. 실제로는 대등하게 보지 않고 어린애 취급해서 오히려 가즈야를 괴롭게했다. 어머니와의 추억과 아버지에 대한 감정 사이의 딜레마에 빠트려서.

오코노기는 덜덜 떨며 가즈야를 돌아보고 힘없이 고개를 숙였다.

"미안하다⋯⋯."

"아, 아니야!"

가즈야가 새빨개진 얼굴로 거칠게 의자를 박차고 일어났다.

"지금 그 말은 다 뻥이야! 진짜 절대 아니라고! 나는 아와오꼬시 따위 안 좋아해. 이런 거⋯⋯!"

반쯤 충동적으로 가즈야가 탁자 위의 까만 접시를 팔로 쳤다. 바닥에 접시가 떨어져 부스러진 아와오꼬시 파편이 여기저기 굴러갔다.

순간, 오코노기의 몸이 멋대로 움직였다.

"가즈야!"

실내에 건조한 소리가 울려 퍼졌다. 가즈야는 눈을 휘둥그렇게 뜨고 오도카니 섰다.

……오코노기가 가즈야의 뺨을 때린 것이다.

"이제 됐어……. 이제 그만하자. 이제 우리 마음을 터놓아도 되지 않겠니."

"아버지."

가즈야는 뺨을 감싸고 진지하게 아버지를 바라보았다.

"그렇지만…… 딱 이 말 한마디만 하게 해주렴. 지금 꼭 말하고 싶은 게 있다."

지금, 영문 모를 사태의 한복판을 헤매는 가즈야는 침을 꿀꺽 삼키고, 겁에 질려 고개를 끄덕였다.

아들 앞에서 처음으로 보이는 엄격한 표정으로, 오코노기는 아들을 똑바로 바라보며 의연하게 말했다.

"가즈야, 너처럼 부모를 생각해주는 아들이 있어서 나는 행복하단다."

실내가 물벼락을 맞은 것처럼 조용해졌다. 한동안 아무 일도 일어나지 않았다.

가즈야의 얼굴이 차츰 엉망으로 일그러졌다.

가느다란 몸이 바들바들 떨리며, 줄곧 숨겨왔을 감정이 목에서 나직한 신음이 되어 흘러나왔다.

"……이게 숨김없는 내 진심이다. 몇 번이라도 말할 수 있어.

그러니 가즈야, 앞으로 너도 진심을 말해주렴. 불평이든 불만이든 전부 말해줘. 부탁이다."

가즈야는 얼굴을 새빨갛게 붉히고 고개를 열심히 끄덕였다.

"고맙다, 가즈야."

"응……."

떨면서 몇 번이나 고개를 끄덕이는 가즈야의 어깨에 오코노기가 살짝 손을 올렸다.

*

그 후, 가즈야는 아버지와 함께 구리타가 새로 내온 아와오꼬시를 먹었다.

시호가 내준 음료가 차가 아닌 커피인 것은 어머니와의 추억 이야기 속에서 가즈야가 커피를 탔다고 했던 것을 기억해서다.

커피 쪽이 가즈야의 기호에 맞았나 보다. 씁쓸한 커피와 소박한 아와오꼬시의 단맛은 아주 잘 어울린다. 가즈야는 누구보다 그 사실을 잘 알았다.

처음에는 부자 모두 어색해했지만, 맛있는 과자를 앞에 두니 조금씩 경직된 분위기가 풀리더니 하나둘 먹는 사이에 완전히 녹아내렸다.

"맛있어……."

지금 가즈야는 아와오꼬시를 우물거리며 아버지 앞에서 자연스럽게 웃을 수 있었다. 어깨에 힘을 빼고 오랫동안 잃어버렸던 따뜻한 감정에 담뿍 젖어서.

가즈야는 눈을 감고 어머니에게 말을 걸었다.

엄마…….

그때를 기억해?

오사카에서, 밤에 식탁에 둘러앉아 나눴던 그 말을.

'달고 아삭아삭하니까. 아빠한테도 먹여주고 싶어.'

가즈야는 눈을 감은 채 속으로 중얼거렸다.

먹여드리고 있어…….

지금, 아버지랑 같이 먹고 있어.

그러자 갑자기 그리운 기색이 느껴졌다. 앞으로도 사이좋게 지내렴. 어머니의 목소리가 들린 것 같았다.

가즈야는 눈을 비비며 고개를 끄덕이고, 살짝 심호흡을 하고서 입을 열었다.

"아버지…… 하고 싶은 얘기가…… 아주 많아."

아버지에게는 밝히지 않았던 어머니와의 추억. 계속 응어리가 맺혀 말하지 못했으나 이제 전부 말해도 된다.

"들려주렴."

아버지가 두 눈에 눈물을 글썽이며 고개를 끄덕였다.

"어떤 얘기라도 좋아. 기억나는 것을 전부 가르쳐주겠니."

"아아······."

"알고 싶구나."

가즈야는 고개를 끄덕이고 어떤 것부터 말할지 생각했다. 그리고 오사카로 처음 이사했을 때부터 순서대로 이야기를 시작했다.

*

화해한 가즈야와 오코노기를 지켜보며 모두들 각자 미소를 지었다.

나카노조와 시호는 아와오꼬시를 맛있게 먹으며 마주 보고 고개를 끄덕였다.

"진짜 이거 향이 좋아요. 참깨 향이 입안에 가득 퍼지네요."

"식감이 쌀 같은 것도 좋아. 처음에는 딱딱한데 금방 부드러워져서 몇 개라도 먹을 수 있겠는데."

"화과자 가게에서 일하길 잘했어요!"

"정말, 정말!"

나카노조와 시호는 신이 났다. 아오이도 구리타 옆에서 따스하게 웃고 있었다.

모두 기뻐하는 모습을 무심히 지켜보는 구리타도 솔직히 다행이라고 생각했다. 여러 가지 일이 있었으나 결국은 가장 바람직한 형태로 마무리된 것 같았다.

나란히 서 있던 구리타와 아오이는 우연히 서로 시선을 나누었다.

아오이의 눈동자에는 부드럽고 따뜻한 색이 어려 있었다.

굳이 말로 하지 않아도 보기만 해도 전해지는 것이 있다. 분명 지금 자신과 아오이는 같은 생각을 하고 있으리라.

가족이라도, 부자 관계라도 마음이 어긋날 때가 있고 이 세상에는 그렇게 단추를 잘못 끼우는 일이 많지만, 우리만은 다르다…….

그런 생각을 하며 구리타가 눈을 감고 미소 짓는데, 옆에 선 아오이가 뜬금없는 소리를 했다.

"계속 신경이 쓰였는데요……. 구리타 씨의 울대뼈, 형태가 되게 멋있어요."

"뭐?"

역시 그러면 그렇지, 서로 다른 생각을 하고 있었다.

제2장

———

만주

달력상으로는 봄이지만 쌀쌀한 날이 이어져 밤에 외출하려면 코트나 재킷을 빠트릴 수 없는 3월 초순 목요일 저녁.

구리마루당은 정규 휴일이어서 출입문은 닫혔지만, 안쪽 찻집에는 사람이 있었다.

구리타와 아오이였다.

부루퉁하게 팔짱을 끼고 선 하얀 가운 차림의 구리타가 탁자에 앉은 아오이를 지켜보고 있었다.

아오이 앞에는 과자 접시가 있고 그 중앙에는 독특한 마메다이후쿠가 놓였다.

떡 반죽이 하얗지 않았다. 마메다이후쿠 내측부터 녹색이 배어 나왔고 표면에 물방울처럼 알알이 박힌 콩도 밝은 황록색이었다.

일반적인 마메다이후쿠는 기분이 좋아지는 귀여운 외형인데, 지금 이것은 아름다운 색채가 돋보였다.

아오이는 눈을 빛내며 녹색 마메다이후쿠를 바라보다가 손에 들고 야금 베어 물었다. 우아하면서도 맛있게 우물거렸다.

녹색 마메다이후쿠를 다 먹은 아오이는 꽃봉오리가 피어나는 것처럼 웃었다.

"맛있어요!"

휴우, 숨을 내쉰 구리타에게 아오이는 환한 미소로 말했다.

"외형도 흠잡을 데 없이 아름다운데 맛도 완벽해요. 이 녹색은…… 완두콩을 넣은 팥소죠. 부드러우면서 몰랑몰랑 씹히는 맛이 있고, 우구이스마메의 식감이 폭신한 팥소의 단맛과 떡 반죽의 짠맛 속에서 재미있는 악센트가 돼요."

"그래?"

우구이스마메는 완두콩을 달게 삶은 것으로, 그 색이 휘파람새와 비슷해서 그렇게 불린다.*

"그렇지만……."

갑자기 아오이는 조금 곤란하게 웃으며 고개를 갸웃거렸다.

"개인적으로는 호감인데, 이걸 신상품으로 미는 건 좀."

---

* 일본어로 '우구이스'는 '휘파람새', '마메'는 '콩'이라는 뜻이다.

"그렇지……. 역시 어렵겠지."

예상은 했지만 조금 낙담한 구리타는 머리카락을 손가락으로 마구 헤집었다.

최근 신상품 개발을 위해 아오이에게 시식과 조언이라는 형태로 협력을 받고 있다.

처음보다는 나아졌지만 여전히 심각한 구리마루당의 매출, 그것을 개선하기 위해 획기적인 신상품을 개발하면 어떨까, 지난달에 아오이가 이렇게 제안한 것이 발단이었다.

제과 기술의 향상은 하루아침에 실현 불가능.

그러나 신상품이라면 발상에 따라 어떻게든 되지 않을까? 라고 생각했으나 그렇게 간단하지만은 않아서, 구리마루당의 상품이 오랜 세월 연구를 거쳐 지금의 형태로 자리잡았다는 것을 새삼스럽게 통감했다.

예를 들어 지금처럼 명물 마메다이후쿠의 변종을 만들어도 의의를 생각하게 된다.

굳이 그걸 추가하는 의미는? 그럴 가치가 있을까? 다른 과자와 충분히 차별화되는가?

비슷한 것을 늘리면 매력이 분산되어 싸구려처럼 보인다. 신중하게 접근해야만 했다.

"그런데 구리타 씨, 이번에는 왜 녹색 마메다이후쿠인가요?"

시식을 마친 아오이가 따뜻한 녹차를 마시며 물었다.

그녀는 적당히 배가 찬 표정이었다. 오늘은 지금부터 둘이 외출할 예정이어서 지금 시식에는 공복을 채우려는 의도도 있었다.

"사실은 예전부터 한번쯤 해보고 싶었어."

"그래요?"

"응, 구체적으로 설명하면 긴 이야기가 되는데……. 아오이 씨는 이케나미 쇼타로*라는 작가, 알아?"

"검객장사!"

아오이가 갑자기 눈에 보이지 않는 일본도를 휘두르는 흉내를 내서 구리타는 눈을 깜박였다.

"……좋아해?"

"네."

뜻밖에도 아오이는 팬이었나 보다.

"할아버지 서재에 있어서 읽었는데 한때 푹 빠져 있었어요. 그래도 전후를 대표하는 문호 중 한 명이니까 대부분 이름쯤은 알고 있겠죠. 아사쿠사 출신이었죠, 이케나미 씨. 미식가로

---

* 이케나미 쇼타로(1923~1990). 일본 전후 시대를 대표하는 시대소설·역사소설 작가로, 미식가에 영화평론가로도 유명하다. 아오이가 말한 《검객장사》가 그의 대표적인 작품이다.

도 유명하고요."

"맞아. 그래서 그 이케나미 쇼타로 씨가."

"아하, 과연! 그런 거였군요!"

갑자기 아오이가 손바닥을 짝 맞대더니 해맑게 웃었다.

"알겠어요."

찻집에 한가로운 침묵이 지난 뒤, 구리타가 어안이 벙벙해서 중얼거렸다.

"……아니, 나 아직 아무 말도 안 했는데."

그러나 아오이는 알아차렸으리라. 화과자에 관한 그녀의 지식은 특별했다.

"에이, 그 정도 들으면 당연히 알아요. 구리타 씨가 말씀하시려는 건 이런 거죠?"

아오이는 평소 지식을 늘어놓을 때의 요령으로 즐겁게 이야기를 시작했다.

"음식에 관한 이케나미 씨의 유명한 에세이집이 있잖아요? 그중에서 아사쿠사를 다룬 장에 등장하는 화과자 노포……. 지금도 여전히 있는 가게인데, 거기서 파는 상품에서 착안한 거죠?"

《산책할 때 뭔가 먹고 싶어져서》라는 제목의 에세이집이다. 역시 무엇이든 꿰뚫어 본다고 생각하며 구리타는 고개를 끄덕였다.

"그 책에 나오는 건 모나카였는데, 만주도 간판 상품이죠. 겉 반죽 안에 잔뜩 채워 넣은 하얀 으깬 팥소와 완두콩을 섞은 속은 절묘한 맛이에요. 그래서 그 제조법을 만주가 아니라 마메 다이후쿠에 활용해보면 어떨지 시험해보고 싶으셨던 거죠?"

"아아, 완벽하게 그 말 그대로야."

아오이는 조금 복잡한 표정을 지으며 눈동자를 굴려 천장을 올려다보았다.

"그건 아마…… 겉 반죽이 카스텔라풍이라서 좋은 거죠. 닌교야키*랑 비슷하게 부드러운 반죽의 느낌과 팥소의 걸쭉함이 잘 어울리는 게 아닐까요. 촉촉하고 달콤한 팥소를 부드러운 반죽으로 포옥 감싸서……."

"맞아. 이번에 시도해보고 나도 깨달았어."

구리타는 팔짱을 끼고 탄식했다. 신상품 개발은 한동안 난항일 것 같았다.

아오이는 잠깐 눈치를 보는 표정을 짓는가 싶더니 곧 몸의 힘을 쑥 빼고 웃었다.

"구리타 씨. 제 생각에는요, 조금 더 어깨에 힘을 빼면 어떨

---

* 인형의 얼굴 모양을 한 만주. 아사쿠사의 명물 중 하나이다.

까요? 이런 건 다양한 접근법이 있다고 생각해요."

"다양한 접근법?"

"넓은 시야."

그렇게 말하며 아오이는 가느다란 검지를 세웠다.

"그야 화과자에서 제일 중요한 건 맛이지만, 놀이 정신도 중요하지 않을까요. 약간의 유머라고 할까요, 재치라고 할까요. 예를 들어 지난번의 가미나리오꼬시도 원래는 가미나리몬 근처에서 팔았던 것에 기인한 말장난 같은 측면이 있잖아요?"

"아, 그렇지."

화과자 제과 자체는 놀이가 아니지만 발상의 유연함을 유지하고 싶다.

과연, 가미나리몬이니까 가미나리오꼬시인가…… 하고 생각하다가 불시에 뇌리를 스치는 것이 있었다.

"그러고 보니!"

"벌써 뭔가 떠올랐군요, 구리타 씨!"

다급하게 몸을 내미는 아오이에게 약간 거드름을 피우며 구리타가 말했다.

"……아오이 씨, 처음 만났을 때 가미나리몬을 라이몬이라고 읽었지."

아오이의 예쁘장한 입술이 오므라졌다. 그리고 부끄러운지 시선이 흔들렸다.

"……그, 그게 왜요?"

"미안. 그냥 말해봤을 뿐이야."

"구, 구리타 씨?"

"하하, 약간의 유머? 재치라고나 할까?"

"지, 진짜……. 그런 소리나 하는 구리타 씨라면 좋은 곳에 따라가주지 않겠습니다만?"

"그거 문장이 좀 이상한 것 같은데."

어쨌든 이제 곧 4시였다. 구리타는 외출 준비를 하자고 재촉했다.

오늘은 예전부터 아오이가 흥미를 느꼈던 아사쿠사 연예홀에 가서 단골손님에게 과자를 전달하기로 했다.

서둘러 준비를 마쳤다. 구리타는 늘 입는 군복 재킷, 아오이는 청초한 얇은 코트를 입고 가게를 나섰다.

*

나카미세 거리 아케이드를 빠져나오자 오른쪽에 아사쿠사 록스(ROX)가 보였다.

록스는 복합상업시설인데, 안에 목욕탕도 있어서 이 동네

주민들의 휴양 장소이다. 내 집 같은 분위기가 좋아서 구리타도 자주 다닌다.

거기에서 북쪽으로 가면 연예홀은 금방이다. 구리마루당에서 도보로 15분도 걸리지 않는다.

"와, 언제 봐도 즐거워 보여요. 웃음의 전당, 연예홀! 웃음의 엘리트가 모이는 곳!"

검은색과 주황색과 연두색 간판 아래에 제등이 걸린 풍경이 멀리 보이자 아오이가 신이 나 소리쳤다.

아오이는 코미디를 좋아했다. 예전에 둘이서 인력거를 탔을 때 보여준 다자레*는 지금도 잊지 못한다.

게다가 그때, 아오이의 오른쪽 손목에 희미하지만 큰 상처가 있는 것을 보았는데…… 가볍게 질문하기에는 망설여져서 구리타는 아직도 묻지 못했다.

물어볼 필요가 없다고 생각하면서도 내심 신경이 쓰였다.

구리타의 그런 속사정과는 정반대로, 아오이는 흥분해서 속 편하게 들떴다.

* 동음이의어나 유사한 발음인 단어를 늘어놓는 말장난. 1권에서 아오이는 '파란 하늘을 아오이가 우러르다'라는 다자레를 선보였다. 일본어로 '파랗다'는 '아오이', '우러르다'는 '아오구'인데, 여기에 이름인 아오이를 어울린 말장난이다.

"와아, 사실 요세*는 처음이에요. 기대돼요. 저보다 재미있는 사람이 잔뜩 있겠죠!"

"그야 당연하지."

뭐, 됐어, 하고 구리타는 고개를 저었다.

평일 오후인데도 불구하고 연예홀 건물 앞에는 사람이 잔뜩 있었다.

호객꾼이 소리를 지르는 옆, 출연자 알림판 앞에는 사람들이 우글거렸다. 흥미를 끄는 출연자라도 있는 걸까.

역시 신우치**인 그 사람을 노리나, 따위를 생각하며 구리타와 아오이는 입구로 다가갔다.

"구리타 씨, 여긴 어떻게 들어가면 되나요?"

"티켓을 사서."

"그렇죠."

"원래 오전부터 들어가 있어야 이득이지만. 기다려. 붐비니까 두 명분 사 올 테니까."

"와, 고맙습니다."

아사쿠사 연예홀은 연중무휴로 대중 예능을 공연하는 흥행

---

*   관객을 모아 재담 등을 들려주는 연예 오락장.
** 요세에서 가장 나중에 출연하는 인기 출연자.

장으로, 도쿄에 몇 군데 있는 라쿠고*** 상설 공연장 중 하나다.
즉, 요세의 일종이다.

흥행은 시간대에 따라 낮 공연과 밤 공연으로 나뉘는데, 손
님을 물갈이하는 제도가 아니라서 오전 중에 들어가면 밖으로
나오지 않는 한, 밤 공연까지 종일 즐길 수 있다.

물론 도중에 입장해도 되고 지겨우면 그 시점에 자유롭게
돌아가도 괜찮다.

영화 티켓의 약 1.5배 요금으로 하루 내내 생생한 예능을 즐
길 수 있으니 아주 경제적이라고 구리타는 생각했다.

구리타가 두 명분의 티켓을 사려고 하자, 아는 사이인 데다
가 밤 공연이라는 이유로 판매 담당자가 요금을 조금 깎아주
었다. 경위를 설명하면서 아오이에게 한 장을 건넸다.

"아사쿠사는 그런 점도 인간미가 넘쳐서 좋아요."

"그래? 보통 이렇지 않아?"

"그 보통이 지금은 아주 희소해졌으니까요. 절멸 위기종이
라고 표현해도 좋아요."

"절멸한다고!"

*** 기모노를 입은 라쿠고가(라쿠고 공연자)가 정치, 문학 등 세상 사는 이야기를 해
학적, 풍자적으로 들려주는 일본 특유의 예능.

"말이 그렇다는 거죠."

아오이가 웃으며 혀를 내밀었다.

"그러니까 그런 이 동네가 저는 정말 좋아요!"

왠지 얼굴이 뜨거워졌다. 구리타는 괜히 무뚝뚝한 표정을 짓고 걸었다.

둘이 관내에 들어간 시각은 오후 4시 20분. 조금 있으면 밤 공연이 시작될 시각이었다. 먼저 부탁받은 물건을 전달하는 용건을 마치기로 했다.

직원에게 티켓을 건넨 뒤, 정문으로 들어가지 않고 왼쪽 통로를 지나 막다른 곳에 있는 대기실 출입구로 향했다.

대기실로 들어가려는데 마침 일본 전통 의상을 입은 거대한 남자가 나왔다.

"오오, 진!"

"아아, 후쿠미미 씨."

"이야, 한동안 못 만난 사이에 커졌구나."

"댁한테 듣고 싶지 않아. 게다가 오늘 아침에 만났잖아."

구리타와 전통 의상의 거대한 남자가 대화를 나누는 옆에서 아오이는 눈을 동그랗게 뜨고 있었다.

"흐아아아……. 이, 이분이 소문의 슌코테이 후쿠미미 씨……. 키가 크다."

늘 그렇듯이 첫 만남인 상대에게는 거동이 수상쩍어지는 아오이였다.

구리타와 아오이 앞에 선 사람은 슌코테이 후쿠미미, 아사쿠사 출신의 라쿠고가이다.

삼십대 중반인데 이미 관록이 충분하다는 평판을 받으며, 실제로 수많은 동문 선배를 앞지르고 신우치로 승격한 찬란한 과거를 자랑한다.

멋과 애교가 있는 생김새에 그야말로 거대한 몸집. 키는 190센티미터. 체력도 기력도 월등해서 며칠 밤을 새워도 아무렇지 않다고 한다.

후쿠미미는 구리타의 아버지 대부터 단골손님이었다. 그래서 구리타를 이름인 진으로 부른다. 거구이다 보니 그만큼 잘 먹어서, 그런 의미에서도 고마운 손님이다.

"그런데 진, 예의 그건?"

"아아, 여기."

구리타는 들고 있던 봉지에서 화과자 상자를 꺼내 후쿠미미에게 건넸다.

뚜껑을 연 후쿠미미는 못 참겠다는 듯이 얼굴을 구겼다.

"이거 맛있겠군!"

상자 안에는 하얀 만주가 여섯 개 들어 있었다.

밀가루와 설탕과 팥소만으로 만든 지극히 평범한 만주. 단순하지만 첨가물을 사용하지 않았고 저렴하고 맛있어서 구리마루당 상품 중에서도 인기가 있다.

후쿠미미는 오늘 요세에서 가장 특기 공연인 〈만주가 무서워〉*를 선보일 것이다.

후쿠미미는 〈만주가 무서워〉를 연기하기 전에 늘 대기실에서 실제로 만주를 먹으며 집중력을 높이고 라쿠고의 세계로 들어간다.

그래서 구리타는 미리 부탁받은 만주를 배달하러 온 것이다.

"진, 늘 고맙다."

"됐다니까. 나도 라쿠고 기대하고 있어."

"맡겨줘. 그나저나."

후쿠미미는 아오이를 힐끔 쳐다본 뒤, 구리타에게 고개를 숙이고 속삭였다.

---

* 유명한 라쿠고로, 내용은 다음과 같다. 여러 사람이 모여 각자 싫어하는 것을 말한다. 다들 거미, 뱀, 개미 등을 말하는데 한 남자가 다들 별것도 아닌 것을 무서워한다며 나는 이 세상에 무서운 것이 없다고 잘난 체를 한다. 그에 누군가가 정말 무서운 것이 없는지 묻자, 그는 사실은 만주가 무서워서 그 이야기를 하는 것만으로도 싫다고 말하더니 다른 방에서 잠을 청한다. 남은 사람들이 남자를 골리려고 자고 있는 방에 만주를 집어넣자, 남자는 만주가 무서우니 먹어버려야겠다며 전부 먹어치운다. 남자에게 속은 것을 안 사람들이 정말 무서운 것이 무엇인지 묻자, 남자는 "지금은 녹차 한 잔이 무서워"라고 대답한다.

"……드디어 여자가 생겼나 보다?"

"무, 무슨 소리야, 갑자기!"

구리타는 새빨개졌다. 아오이와 아사쿠사를 거니는 것은 좋은데, 으레 지인에게 놀림을 받아서 곤란했다.

아오이도 당황해서 주먹을 붕붕 휘둘렀다.

"그, 그건 아주 부적절한 발언이에요, 후쿠미미 씨. 구리타 씨가 곤란해하시잖아요!"

"아니, 나는 딱히 곤란하지는……."

"우리는 보통의 친구 관계예요."

구리타는 떫은 표정으로 고개를 끄덕였다. 가슴이 약간 쿡쿡 쑤셨지만, 지금 둘 사이는 그렇게 되어 있다.

발단은 지난번…….

구리타와 아오이는 우연한 계기로 인력거꾼인 기라와 딸 고하루의 어긋난 관계를 해결해주었다.

그 후 감사의 표시라며 기라는 구리타와 아오이를 인력거에 태워주었는데, 무슨 착각을 했는지 최종 목적지가 이마도 신사였다.

마네키네코** 발상지라는 간판을 내걸고 익살스러운 고양이

** 한쪽 발을 든 고양이 인형으로, 손님과 재물을 불러들인다고 한다.

묘석도 세워놓은 이마도 신사는 부부의 신을 모셨다는 이유로 인연을 맺어주는 영험이 있다고 최근 유명해졌다.

됐으니까 둘이 참배하고 오라며 하얀 이를 내보이고 웃는 기라 때문에 구리타와 아오이는 허둥거렸다.

"무, 무슨 인연 맺기야. 웃기지 마!"

"그래요! 우리는 보통의……."

둘은 동시에 말문이 막혔다. 보통의 뭐지?

적절한 말을 찾느라 입을 다물자, 헤헷 웃으며 기라가 말했다.

"……보통의 커플?"

"아니라니까."

구리타가 시선을 돌리자, 아오이가 곤란하게 웃는 표정으로 고개를 갸웃거리면서 도와주었다.

"굳이 말하면…… 친구?"

"그래, 보통의 그거."

이런 소동이 있었던 이래, 누가 어떤 사이인지 물으면 그렇게 대답하고 있었다.

"흐음……. 뭐, 그거구나."

연예홀의 대기실 출입구에서 후쿠미미가 턱을 쓰다듬으며 천장을 바라보고 말했다.

"젊음은 좋은 것이여."

"……뭐야, 그 감상은?"

구리타는 놀림받는 것에 정말 익숙하지 않았다.

그때 문득 뒤에서 희미하게 담배 냄새가 났다. 돌아보니 파나마모자를 쓴 하얀 정장 차림의 노인이 있었다.

후쿠미미가 갑자기 등을 쭉 폈다.

"스승님!"

구리타와 아오이도 덩달아 어쩔 줄 모르자, 하얀 정장 노인이 정정하게 웃었다.

"이런 곳에 멍청히 서서 뭐 하누. 못 들어가는 줄 알았다."

하얀 정장을 입은 노인은 슌코테이 다이쇼, 후쿠미미의 스승인 라쿠고가였다.

백발에 불그스름한 얼굴. 라쿠고 모임의 중진인데 서글서글한 성격이라 요세에도 자주 얼굴을 내민다. 오늘은 정장을 입었으니 단순히 관객으로서 공연을 보러 왔나 보다.

구리마루당과는 할아버지 대부터 면식이 있는데, 다이쇼는 지금도 가끔 가게에 온다.

"안녕하세요."

구리타는 한 손을 들어 보였다.

"건강해 보이시네요, 다이쇼 스승님."

"난 네 녀석의 스승이 된 기억이 없다만 건강하다. 가게는 열심히 하고 있고?"

"네. 그럭저럭."

"잘됐구나. 라쿠고도 화과자도 그럭저럭이 최고야……. 뭐, 나는 화과자에는 완전히 문외한이다만."

킬킬킬, 하고 다이소는 웃음을 터뜨렸다. 어디까지 진담인지 잘 모르겠다.

다이쇼는 후쿠미미를 바라보았다.

"후쿠미미, 네놈이야 전혀 걱정하지 않는다만……."

"여전히 제게는 쌀쌀맞으십니다, 스승님."

"멍청이! 그만큼 네놈의 언변이 대단하단 소리 아니냐."

"저는 스승님을 밤에 잠도 자지 못할 정도로 걱정하는데…… 그런데 이런 점 말씀이십니까?"

"잘 알고 있구먼."

"그렇지만 절반은 진심입니다요. 스승님, 여전히 금연을 못 하시나 봅니다. 옷에서 담배 냄새가 폴폴."

"됐어. 이제 포기했으니까."

"포기하시면 안 됩니다……."

"됐다고. 네놈이 안 피운다고 남한테 강요하지 마. 그보다 그 애는 어쩌고 있누? 제대로 돌봐주고 있어?"

"그야 당연하죠."

후쿠미미는 대기실 쪽으로 고개를 돌려 "고미미" 하고 불렀다.

그러자 다람쥐처럼 민첩하게, 전통 의상을 입은 자그마한 소년이 뛰어나왔다.

"부르셨나요, 스승님!"

구리타 무리 앞에 멈춰 선 소년은 잠이 부족한지 눈 밑이 까맸지만 그럭저럭 깔끔한 얼굴이었다. 하얀 정장의 다이쇼를 보자 소년은 깜짝 놀라 고개를 숙였다.

"……다이쇼 스승님, 그동안 격조했습니다!"

"오오, 잘 지냈느냐. 요즘 어떠냐, 고미미?"

"완벽합니다!"

"후쿠미미가 잘 가르쳐주고?"

"굉장히요. 후쿠미미 스승님처럼 대단하신 분은 이 세상에 안 계십니다!"

"그럴 리가 있나!"

"아무리 그래도 너무 사탕발림인데."

웃음을 노린 절찬을 받은 후쿠미미는 양쪽 소매에 손을 찔러 넣고 쓴웃음을 지었다.

고미미라고 불린 소년은 후쿠미미의 직계 제자로, 꽤 어려 보이는 것이 아직 고등학생 같은데, 어쨌든 사제 관계는 원만

해 보였다.

후쿠미미의 가방을 들고 따라다니거나 잡무를 도맡아 하면서 매일 충분히 연습도 하고 있다며 고미미는 기쁘게 말했다.

슌코테이 동문끼리 화기애애하게 어울리는 모습을 지켜보는 아오이는 사랑에 빠진 소녀처럼 뜨거운 눈을 하고 있었다. 코미디를 좋아하는 그녀로서는 참을 수 없으리라.

솔직히 자신은 이 분야를 잘 모르지만 좋아하는 것을 원하는 만큼 즐기면 좋겠다고, 구리타는 뺨을 긁적이며 생각했다.

*

조용히 막이 오르고, 마이크가 자동으로 바닥에서 올라왔다.

데바야시*와 함께 무대 끝에서 라쿠고가가 나와 가운데 방석에 앉아서 세상 돌아가는 이야기를 시작했다.

느긋하고 자연스러운 말투를 듣고 있으니 차분해졌다. 목적을 알 수 없는 잡담이 차츰 그럴싸하게 마무리되는 형식으로 변하기 시작했다.

구리타 쪽을 본 아오이는 얼굴 가득 맑은 웃음을 짓고 들떠

---

* 요세에서 출연자가 자리에 오를 때 연주하는 곡.

있었다.

"왠지 느긋하고 좋네요."

"편안하고 홀가분한 기분이지? 도시락을 먹으면서 봐도 돼. 아오이 씨, 배고프지 않아?"

"조금 전에 먹었으니까 괜찮아요."

"무리하는 거 아니야? 매점에 카레빵 같은 것도 파니까."

"저기요…… 구리타 씨. 제가 미각은 좀 예민해도 먹는 양 자체는 보통이거든요?"

"으, 으응. 아오이 씨, 왠지 미소에 힘이 팍 들어갔어."

구리타와 아오이는 중앙 부근 자리에 나란히 앉았다.

그녀가 이쪽으로 고개를 돌릴 때마다 탐스러운 머리카락이 사르륵 흔들려 달콤한 향기가 은은하게 풍겼지만, 지금 둘이 보는 것은 로맨스 영화가 아니라 코미디였다. 의식하지 않기로 했다.

다이쇼 스승은 관객의 주목을 받기 싫다면서 파나마모자를 깊숙이 눌러쓰고 빈자리가 있는 2층으로 이동했다. 좀 평범한 차림으로 오면 될 텐데 나름의 철학이 있나 보다.

라쿠고가 몇 개 끝났다.

예능인 한 사람에게 주어진 시간은 10분에서 15분이니까 딱 적당한 속도감으로 여러 라쿠고가 등장했다.

"여기가 '진정한 웃음과 만날 수 있는 장소'군요. 즐거워요!"

"그래……."

뭐가 진정한 웃음인지는 모르겠지만, 즐거워하니 이쪽도 기뻤다. 아오이의 순진무구한 웃음 옆에서 구리타도 슬며시 웃었다.

그때 갑자기 뒤쪽 통로에서 누군가가 재빠르게 달려왔다.

고개를 돌리자 파나마모자와 하얀 정장…… 다이쇼였다.

"미안하다만, 진. 잠깐 좀 와봐라."

다이쇼의 표정이 기묘하게 딱딱했다.

"왜 그러세요, 갑자기?"

"부탁이다."

거절은 거절한다는 말투였다. 구리타와 아오이는 영문 모르는 얼굴을 마주했지만, 일단 다이쇼를 따라 뒤쪽 문을 통해 얼른 복도로 나왔다.

대기실 방향으로 서둘러 걸으며 다이쇼가 말했다.

"……실은 말이다, 이상한 일이 생겼어. 나도 그럭저럭 예능 역사가 길다만 이런 일은 전대미문이라."

"무슨 일인데요? 그리고 우리랑 무슨……."

"가보면 알아."

다이쇼, 구리타, 아오이 세 사람은 대기실 출입구를 지나 계단을 올라갔다. 2층 대기실로 들어갔는데, 그 안에서 전개된 괴이한 광경에 놀라 온몸이 굳어졌다.

다다미가 깔린 살풍경한 방 중앙에 소형 탁자가 있고, 후쿠미미가 방석 위에 무릎을 꿇고 앉은 채 엎드려 있었다.

후쿠미미는 눈을 꼭 감고 꼼짝도 하지 않았다. 아무리 봐도 일반적이지 않았다.

실내 벽 쪽에 라쿠고가 셋 있었는데 입도 벙긋하지 못하는 상태였다. 새파래진 얼굴로 후쿠미미를 응시하며 입을 꾹 누르고 있었다.

"이거 설마……."

망연자실해서 구리타가 중얼거리자 다이쇼는 심각한 얼굴로 고개를 저었다.

"죽지 않았어. 잠들었을 뿐이야."

"잠들어……?"

구리타는 안도의 한숨을 내쉰 뒤, 미간을 찡그렸다.

"뭐야, 놀랐잖아요. 아, 혹시 나보고 후쿠미미 씨를 때려서 깨우라고요?"

"그게 아니야. 때리고 차도 이놈, 일어날 생각을 안 해."

"네?"

그때, 벽 쪽에 있던 한 노부인이 까만 가죽 가방을 들고 불시에 구리타에게 다가왔다.

모르는 사람이었다. 다이쇼가 얼른 소개했다.

"이 분은 전직 의사인 세키네 선생님. 마침 관객으로 오셔서
모셨어. 현역일 때는 실력 있는 여의사로 일대에서 유명했지."

"세키네라고 합니다."

차분하고 지적인 분위기의 노부인 세키네는 인사를 하더니
예상치 못한 소리를 했다.

"후쿠미미 씨는 누군가에 의해 잠이 든 겁니다."

"하……?"

순간 귀를 의심한 구리타에게 세키네가 차근차근 설명했다.

"살펴보니 수면유도제 때문인 것 같아요. 불면증이나 수면
장애 치료에 사용하는 것인데, 미량만 투여해서 생명에 지장
은 없습니다."

솔직히 마른하늘에 날벼락 같은 전개였지만, 구리타는 어떻
게든 현실에 적응했다.

"……그러니까 수면제 때문에 자고 있다?"

"그래요. 불면증으로 고민하는 환자에게 처방하는 약물이라
비교적 입수하기 쉬운 수면유도제죠."

근본적인 해결은 되지 않지만 약을 주면 환자가 만족하기에
대충대충 처방하는 의사도 많다고 세키네가 설명했다.

"그런 정황을 살펴봤을 때, 약물의 투여 경위로서 가장 가능성이 큰 건……"

세키네의 시선이 힐끔 후쿠미미에게 향했다.

탁자에 엎드려 숙면 중인 후쿠미미 옆에는 구리타가 아까 건넨 화과자 상자가 놓여 있었다.

안에 든 것은 하얀 만주.

후쿠미미는 세 개를 먹었다. 상자에 여섯 개를 넣었는데 지금은 세 개만 있었다.

"말도 안 돼."

망연자실해 중얼거리는 구리타의 등에 식은땀이 맺혔다.

"……내 만주가 원인이라고?"

다이쇼와 세키네가 말없이 시선을 주고받았다.

*

말도 안 되는 전개였지만, 아오이가 냉큼 한 걸음 나서서 청량하게 주장했다.

"단언하겠는데 그건 아니에요. 구리타 씨는 절대 그런 짓을 하지 않아요."

말투가 가볍고 말끝도 길게 늘어뜨렸지만, 목소리만큼은 백

퍼센트 확신에 차 있었다.

아오이는 숙면 중인 후쿠미미에게 다가가 옆에 앉더니 탁상 위에 남은 만주 세 개를 막을 겨를도 없이 차례차례 손으로 갈랐다.

진지한 표정으로 세 개를 살펴보았다.

코로 킁킁 냄새를 맡더니 아오이는 의기양양하게 고개를 끄덕이며 말했다.

"이상 없어요."

"개냐!"

"저, 후각도 예민해서요. ……아니, 사실은 반죽 감촉을 만져서 알아본 건데요, 이 만주 세 개에는 전혀 이상이 없다고 단언할 수 있어요."

기가 막힌다는 표정의 다이쇼에게 천연덕스럽게 대답하며 아오이가 일어났다.

"구리타 씨처럼 화과자와 가게를 소중히 생각하는 분이 정성껏 만든 만주에 이상한 짓을 할 이유가 없어요. 그렇지만 현실적인 문제로 약물이 검출되었다……면, 누군가 타이밍을 노려 이미 후쿠미미 씨의 위장에 들어간 만주에 손을 쓴 거겠죠. 어쨌든 구리타 씨는 절대 아니에요."

"……뭐, 그렇겠지. 나도 진이 했다곤 생각하지 않으니."

다이쇼가 고개를 끄덕이며 동의했다.

"그러나 이렇게 된 이상 만주를 준비한 진에게 설명을 안 들어볼 수 없지 않누, 흐름으로 따져서. 그래서 부른 게야."

"과연."

구리타는 내심 안도했다. 역시 사람은 신용이 최고였다. 아오이가 자신의 무고함을 단호하게 주장해준 것도 기뻤다.

덕분에 침착해졌다. 구리타는 오늘 경위를 다이쇼에게 서둘러 설명했다.

후쿠미미의 의뢰를 받아 평소와 똑같이 만든 만주를 직접 건넨 것. 특별히 이번에 한해서 색다른 행동을 하지 않았다는 것.

"으음. 그렇다면…… 실마리가 없는 게로군."

다이쇼는 파나마모자 꼭대기에 손을 올리고 숨을 내쉬었다. 사적으로 온 건데 엉뚱한 일에 휘말렸다고, 불그스름한 얼굴에 적혀 있었다.

구리타는 팔짱을 끼고 물었다.

"도대체 어떻게 된 상황입니까, 다이쇼 스승님? 설명해주시면 우리가 도움이 될지도 몰라요."

사실은 '될지도 몰라요'가 아니라 무리해서라도 도움이 될 생각이었다.

혐의가 풀린 지금, 잔잔한 분노가 구리타의 가슴속에 어른거렸다.

화과자 장인으로서 직접 만든 만주가 이런 식으로 사용되는 것만큼 열통 터지는 일도 없었다.

후쿠미는 구리마루당의 만주를 맛있게 먹고 관객을 즐겁게 해주기 위해서 집중력을 높였다. 모두가 즐거워해야 할 그 시간을 누가 방해했는지 가능하면 꼭 밝혀내고 싶었다.

아니, 반드시 밝혀내고 말겠다고 구리타는 다짐했다. 그런 놈은 내버려둘 수 없다.

"다행히 오늘은 아오이 씨도 있으니까. 다방면에 예리해서 도움이 되는 사람입니다."

"저 나름대로 노력할 테니 꼭 들려주세요."

아오이도 구리타와 한목소리로 말했다.

"그런가, 미안하게 됐구면."

다이쇼는 파나마모자를 벗고 새하얀 머리를 쓸었다.

"그럼 설명을 해볼까."

다이쇼는 관객석에서 예능을 즐기고 있었는데, 중간에 제자의 제자인 고미미가 부르러 와서 대기실로 걸음을 옮겼고, 이 사태와 맞닥뜨렸다고 한다.

그래서 전부 다 목격한 것은 아니지만, 대기실에 있던 예능인 무리에게 들은 이야기를 종합하면 이런 이야기가 된다……

인기 라쿠고가 슌코테이 후쿠미미는 제자인 고미미에게 가방을 들게 하고 출연 순서보다 한참 이른 오후 4시에 대기실로 들어왔고, 4시 20분 무렵에 구리타로부터 예의 만주를 받았다.

그런데 이곳은 대기실이 두 종류이다.

라쿠고가용 대기실과 이로모노 예능인이 사용하는 대기실이다.

이로모노란 라쿠고 이외의 예능으로, 예를 들면 재담이나 종이접기, 마술쇼 등이다.

연예홀의 예능 종목은 라쿠고가 중심이므로 이로모노 예능인의 대기실은 대체로 비어 있다.

오늘은 낮 공연에 이로모노 예능인이 세 팀 출연했는데, 스케줄 문제로 밤 공연에 출연할 이로모노는 아직 아무도 오지 않았다. 이것이 모든 발단이었다.

그 이야기를 들은 후쿠미미가 생뚱맞은 소리를 했다.

"헤에……. 출연 일정표를 보니까 내 차례가 끝날 때까지 이로모노 분들, 아무도 안 오는 거네. 그렇다면 그쪽 대기실을 쓰도록 할까."

"굳이 왜?"

대기실에 있던 다른 라쿠고가가 묻자, 후쿠미미는 쾌활하게 대답했다.

"아무도 없는 대기실, 전에 시험 삼아 한번 써봤더니 쾌적하더라고……. 그래서 기회가 닿으면 매번 그렇게 하고 있어. 매번이라고 해도 웬만해서는 없지만."

느긋하게 쉴 수 있고 혼자여야 집중력이 높아진다고 후쿠미미는 말했다.

게다가 오늘 선보일 예정인 〈만주가 무서워〉는 일반적인 고전이 아니라 후쿠미미가 독자적인 맛을 더해 새롭게 해석한 고전이다.

후쿠미미는 이 라쿠고로 좋은 평가를 받아 세상은 물론이고 선배들도 한 수 접어주는 위치에 올랐다. 그런 의미에서 특별한 라쿠고이자 특기인 라쿠고여서 다른 것을 할 때와는 마음가짐이 달랐다.

혼자 만주를 먹으며 감각을 예민하게 하고 싶다는 후쿠미미의 말에 다른 라쿠코가들은 그럼 마음대로 하라고 동의했다.

그런데 후쿠미미는 계속 혼자 있는 것도 따분하다고 생각했나 보다. 애초에 출연까지는 한참 남았다. 후쿠미미는 고미미와 함께 이로모노 예능인의 대기실에 만주와 가방을 놓으러 갔다가 다시 라쿠고가 대기실로 돌아왔다.

그리고 제자인 고미미와 다른 라쿠고가와 어울려 6시 무렵까지 잡담을 즐겼다.

그동안 만주를 놓아둔 이로모노 예능인의 대기실에는 아무도 없었다.

사람이 있는 곳은 무대와 라쿠고가 대기실뿐.

"……오오, 벌써 시간이 이렇게 됐나. 나는 슬슬 가야겠어."

6시쯤에 후쿠미미는 자리를 털고 일어나 아무도 없는 이로모노 예능인의 대기실로 혼자 갔다. 방해하지 말라고 해서 제자인 고미미는 그냥 라쿠고가 대기실에 남았다.

그 후로 한동안은 아무 일도 일어나지 않았다.

이윽고 7시가 되어 기쓰포테이 라이마루라는 라쿠고가가 흡연실에서 돌아오는 길에 후쿠미미가 어쩌고 있는지 보러 갔다.

그런데 놀랍게도 후쿠미미가 탁자에 엎드려 있었다.

라이마루는 당황해서 동료 라쿠고가를 불렀다. 무슨 짓을 해도 후쿠미미가 일어나지 않아서 비상사태라고 판단, 관객석에 있는 다이쇼와 전직 의사인 세키네를 불러왔다.

살펴본 결과, 후쿠미미가 수면유도제의 효과로 잠이 들었다는 사실을 알아냈다.

아마 만주에 손을 쓴 거겠지, 라는 이야기가 되어 구리타와 아오이가 불려 오게 되었다.

흐음. 구리타는 머릿속으로 정보를 정리하며 말했다.

"그렇다면 여긴 라쿠고가 대기실이 아니라 이로모노 예능인의 대기실이군요?"

"그래. 라쿠고가 전원이 들어오기에는 좀 좁아 보이지?"

다이쇼가 대답했다.

"이로모노 예능인 자체가 적고, 들었다 났다 교체하니까 이 대기실이 붐빌 때는 거의 없어."

"그렇군요."

다이쇼의 말에 고개를 끄덕이며 구리타는 실내를 둘러보았다.

오후 6시부터 7시까지 후쿠미미가 혼자 머무른 이로모노 예능인의 대기실······.

다다미가 깔렸고, 하얀색을 바탕으로 한 벽이 살풍경한 인상을 주는 공간이었다.

벽에 옆으로 긴 화장대가 있고, 그 위에 아직 차가 든 찻잔과 지저분한 재떨이가 있었다.

화장대 앞에는 방석이 세 개 있었다. 낮 공연 때 출연한 이로모노 예능인이 정리하지 않았을 거라고 다이쇼가 못마땅한 표정으로 설명했다. 다 먹은 과자 봉지도 화장대에 아무렇게나 놓여 있었다.

실내 중앙의 탁자에는 후쿠미미가 엎드려 숙면 중이다. 자다가 떨어뜨렸는지 바로 옆 다다미에 재떨이와 담배꽁초가 널 브러졌다.

탁자 위에는 구리마루당의 만주가 든 화과자 상자.

그 밖에는 백지 메모장, 볼펜, 포트와 주전자, 사용하지 않은 찻잔 등이 있었다.

후쿠미미의 잠든 얼굴을 가만히 살피는 아오이를 곁눈질하고, 구리타는 좁은 실내를 휙 걸어보았다.

대기실에 사람이 숨을 만한 곳은 없다. 사전에 누가 숨어들 었다면 분명히 금방 알 것이다.

구리타는 미간을 찡그리고 고개를 갸웃거렸다.

"잘 모르겠네. 위화감이 있는데…… 왠지 딱 안 와."

다이쇼에게 이야기를 들은 첫 감상이 바로 이것이었다. 의 미를 모르겠다. 이 행위에 대체 어떤 의미가 있을까?

곤혹스러워하는 구리타를 보며 다이쇼가 쓸쓸한 표정으로 입을 열었다.

"뭐, 이걸로 끝이 아니야. 사실은 얘기가 아직 이어지거든."

"다음이 있어요? 제대로 끝까지 말씀해주세요."

"그게, 이다음은 범인 탐색처럼 되어 버리니까 영 내키지 않 는다만…… 그야 실제로 범인 탐색을 하고 있는 셈이긴 하지. 사실 라쿠고가 중에 알리바이가 없는 녀석이 있어서."

"알리바이?"

라쿠고 세계와는 어울리지 않는 단어였다.

다이쇼가 흰 머리를 벅벅 긁으며 말했다.

"내 아까 이리 설명했지? 후쿠미미와 고미미가 이로모노 예능인이 사용하는 이 대기실에 만주와 가방을 놓은 후에 라쿠고가용 대기실로 돌아가서 6시까지 다 같이 잡담을 나눴다고. 그러는 동안에 만주가 있는 이곳에는 아무도 없었다고."

그런 이야기였다고 반추하며 구리타는 고개를 끄덕였다.

"그런데 이건 일반적으로 생각했을 때 얘기고, 다른 각도에서 보면 그렇지 않아."

"무슨 말씀이세요?"

"즉."

후쿠미미 이외의 라쿠고가 전원이 한 대기실에서 환담에 푹 빠졌다면 서로가 서로의 알리바이를 증명할 수 있다고 다이쇼는 설명했다.

"그런데 라쿠고가 대기실을 짧은 시간이지만 비운 녀석들이 있어……. 그 녀석들이 나쁜 짓을 했다는 증거는 없지만, 그 녀석들이 이로모노 예능인 대기실에 몰래 숨어들어 나쁜 짓을 하는 것도 불가능하지 않다는 소리야. 네놈들, 이리로 와!"

다이쇼는 새파랗게 질린 얼굴로 벽에 붙어 선 세 명의 라쿠고가를 불렀다.

전통 의상을 입은 남자 셋이 구리타 앞에 와서 섰다.

"세 사람 모두 켕기는 짓은 하지 않았지? 순서대로 사정을 설명해봐라."

다이쇼의 말에 가장 오른쪽에 선 라쿠고가가 입을 열었다.

첫 번째 타자는 새치가 듬성듬성 난, 어딘지 신경질적인 분위기인 사십대 남자였다.

"······저는 슌코테이 이치타로라고 하고 후쿠미미의 동문 선배입니다. 인기는 후쿠미미에 한참 못 미치지만 동문이니까 늘 즐겁게 지내고 있지요······."

즐겁다는 말과 반대로 쭈뼛거리는 말투여서 이미 수상쩍었다.

"이놈······ 이치타로는 속이 좀 안 좋았다는군. 도중에 세 번이나 환담의 자리를 빠져나와 변소에 갔다지."

다이쇼가 말하자 옆에서 아오이가 물었다.

"화장실에 몇 시쯤 가셨나요?"

"5시까지 세 번······. 거의 차이를 두지 않고 연속입니다. 세 번이나 다녀오니 속도 괜찮아져서 그 후에는 가지 않았습니다······."

약삭빠르게 위장이 약하다고 피력하는 힘없는 말투로 이치타로가 대답했다.

그 발언 내용 자체는 다른 라쿠고가들이 증명할 수 있으니 사실이라고 다이쇼가 거들었다.

구리타는 생각했다. 그 시간대에 후쿠미미는 라쿠고가 대기실에 있었다. 이로모노 예능인의 대기실은 사람 없이 만주만 있던 타이밍이다.

즉, 몰래 그쪽으로 숨어들면 만주에 얼마든지 손을 댈 수 있다.

아오이가 이어서 물었다.

"화장실에 가신 것을 증명할 수 있나요? 예를 들어 안에서 누굴 만났다거나."

"그 시간에는 이미 밤 공연 요세가 시작해서요. 당연히 관객은 무대를 보고 있으니까 화장실에서는 단 한 명의 사람과도 만나지 못했습니다. 증명은 못 합니다……."

"알겠어요. 속탈이 나지 않게 조심하세요."

"예에……. 그런데 저는 하지 않았어요. 그것만은 확실합니다!"

다음 남자는 박박 민머리에 눈이 동글동글한, 거만해 보이는 삼십대 중반 남자였다.

후쿠미미 정도는 아니어도 장신에 체격도 좋았다.

"……나는 기쓰포테이 라이마루. 항간에 후쿠미미와 어깨를 나란히 하는 개성파라고 불리지. 댁들 같은 문외한이라도 이름쯤은 들어본 적 있겠지?"

"네, 알고 있어요. 잠이 든 후쿠미미 씨를 처음 발견하신 분이죠? 이상한 일이 벌어졌을 때는 첫 발견자를 의심하라고 항간에서 많이들 얘기하죠."

아오이의 반박에 라이마루는 순간 당황하더니 곧 허둥거리며 손을 저었다.

"나, 나는 안 했어!"

생각보다 소심한 사람인가 보다.

아오이에게 무례한 발언을 하지 않도록 구리타도 일단 다짐을 해두었다.

"진짠가? 당황하는 게 이상한데. 댁이 했지."

"아, 아니라고!"

"자백하시지. 그럼 편해져."

"그러니까 아니야! 후쿠미미와는…… 조금 뜻이 안 맞을 뿐이야. 예전부터."

"흐음. 그렇다면 동기가 있단 소리군."

구리타가 말하자 라이마루는 인정할 수 없다는 듯이 입술을 삐죽였다.

"애도 아니고 그렇다고 해서 이런 짓을 하겠나. 오늘도 대기실에서 평범하게 대화도 나눴어. 다른 사람들한테 물어보면 금방 알 거야. 그렇지, 이치타로?"

라이마루가 고개를 돌리자, 조금 전의 신경질적인 새치남, 슌코테이 이치타로가 가볍게 고개를 끄덕였다. 딱히 부자연스러운 분위기가 없으니 사실로 보아도 무방할 것이다.

"이제 됐겠지? 그럼 본론으로 들어가지."

그 후 라이마루는 사실만을 간결하게 설명했다.

7시에 흡연실에서 돌아오다가 이로모노 예능인의 대기실에 들러 후쿠미미의 이상을 발견한 라이마루지만, 사실 그전에도 한 번 담배를 피우러 나갔다. 대기실에서 피우는 것을 싫어하는 후쿠미미가 언제 돌아올지 몰라서 어쩔 수 없었다.

시각은 5시 반. 그때도 이로모노 예능인의 대기실에 사람이 없었던 시간대인 6시 이전이었다.

라이마루가 환담의 자리를 떠난 시간은 15분 정도로, 전원이 증인이지만 목적지가 흡연실이라고 증명해줄 사람은 없었다.

조금 전의 이치타로와 조건이 똑같다고 생각하는 구리타에게 라이마루는 소리 높여 항의했다.

"나는 담배를 피웠을 뿐이야. 맹세컨대 남을 해치지 않았어!"

마지막 한 사람은 후쿠미미의 제자, 공연이 시작하기 전에도 만난 십대 소년 슌코테이 고미미였다.

거뭇거뭇한 눈 밑을 비비며 고미미가 말했다.

"저는 6시 반에 한 번, 자판기에 음료수를 사러 갔어요. 대기실에서 차를 마실 수 있는데 탄산음료를 꼭 마시고 싶어서."

통로에 설치된 자판기에서 콜라를 사고 그 자리에서 다 마셨다. 자리를 비운 시간은 몇 분 정도라고 했다.

아오이가 날렵한 턱을 손가락으로 쥐고 물었다.

"콜라를 마시는 동안에 누군가와 만났나요?"

"아니요, 아무도요."

동요하지 않고 대답하는 고미미를 바라보며 구리타는 생각에 잠겼다.

6시부터 7시 사이, 후쿠미미는 이로모노 예능인 대기실에 있었다. 따라서 이 타이밍에 만주에 손을 대는 것은 불가능.

아니, 절대로 불가능하다고 단언할 순 없지만, 그때까지 수많은 기회가 있는데도 불구하고 일부러 본인 앞에서 그럴 필요가 없다.

반대로 생각하면, 일부러 어려운 방법을 선택해서 의심을 피하려는 의도가 있을까? 지나친 억측일까?

고미미는 소년답게 결백한 목소리에 울음을 섞으며 호소했다.

"저는 후쿠미미 스승님을 존경한다고요. 이런 짓은 절대 안 해요!"

*

이야기를 다 들은 구리타와 아오이는 세 사람과 거리를 두고 차분히 얼굴을 마주했다.

"……어떻게 생각해, 아오이 씨?"

"음, 모두 코미디를 업으로 삼으신 만큼 나쁜 사람으로 보이지 않아요."

"그야 뭐, 나도 그렇게 생각하지만."

만사태평한 감상에 저절로 몸에 힘이 빠져버린 구리타지만, 아오이가 이어서 한 말에는 놀랐다.

"구리타 씨는 저 세 분 중에 누군가가 했다고 생각하세요?"

"어……? 그야 그렇겠지."

"왜냐하면 그들에겐 알리바이가" 하고 말하려던 구리타에게 얼굴을 가까이 대고 아오이가 속삭였다.

"그런데 말이에요? 가까운 사람으로 한정하면 저 세 분이 의심스럽지만, 가능성은 그 밖에도 있지 않을까요. 예를 들어 관객 중 누군가가 몰래 숨어들었다면."

구리타는 조금 당황했다.

"물론 관객 모두가 대기실 사정에 밝지는 않을 거예요. 그렇지만…… 다이쇼 스승님이라면? 저 세키네 선생님이라는 분도 생각보다 정통하실지도 모르잖아요? 그렇지만 이해관계가 희박해 보이니까 어디까지나 가능성의 이야기지만요."

"그렇지."

처음에는 놀랐지만, 현실적으로 생각해 역시 의심이 가는 것은 관계자였다. 저 세 사람 중 누군가라는 가능성이 제일 크고, 예상 밖으로 다이쇼 스승님이나 세키네라는 추리도 가능했다.

그리고, 구리타는 생각했다. 가장 중요한 것은 역시 동기였다.

왜 후쿠미미를 잠들게 했을까? 가해자의 의도는?

"아오이 씨는 이 사건, 왜 일어났다고 생각해?"

"……으응, 그게 수수께끼예요."

아오이가 곤란하다는 듯이 눈썹을 늘어뜨리며 고개를 갸웃거렸다.

"저로서는 장난으로 벌인 일……이라고 말하고 싶지만, 수면유도제니까요. 아무래도 이건 너무 공을 들였죠."

"아아."

만주에 그런 걸 넣다니, 장난의 범주를 넘어섰다. 그렇기에

괘씸했다.

"그렇다면…… 장난이 아니라 악의라는 건데. 후쿠미미 씨에게 원한이 있는 사람이 출연하지 못하게 하려고 이런 수를 썼다……."

무엇을 위해서? 일에 펑크를 내면 그에 상응하는 악평이 생기니까.

구리타의 가설을 들은 아오이는 눈동자를 굴려 천장을 바라보며 몇 초간 침묵했다.

"……그럴까요. 후쿠미미 씨의 평판을 떨어뜨리는 것이 목적이다? 구리타 씨라면 원한이 있다고 그렇게 하세요?"

"안 해. 아니, 보통 그렇게 귀찮은 짓을 할 게 아니라 직접 대놓고 붙으면 끝이겠지만, 후쿠미미 씨는 체격이 거대하니까. 정면으로 싸우면 상대가 안 된다고 생각하지 않았을까?"

"으응, 그럴까요……."

아오이는 괴로운 표정으로 천장을 바라보며 자기 자신에게 들려주는 것처럼 중얼거렸다.

"결점이 아니라 이점 면에서 생각하면 어떨까요. 즉, 지금 후쿠미미 씨를 잠들게 함으로써 누군가가 어떤 은혜를 얻는다……."

"은혜……?"

갑자기 아오이가 고개를 돌려 다이쇼에게 물었다.

"저기, 이대로 후쿠미미 씨가 계속 잠들어 계시면 출연은 어떻게 되나요?"

"그야 당연히 펑크지."

다이쇼가 즉답했다.

"녀석의 출연이 없는 만큼 전체 시간이 15분 정도 줄어들어……. 그렇지만 그걸로 누가 이득을 보겠누? 애당초 15분 정도의 오차는 요세에서 일반적이야. 모두가 다 시간에 맞춰 공연을 마치지 않으니."

"그런가요……."

아오이는 살짝 어깨를 늘어뜨리고 구리타를 보았다.

"곤란한데요. 역시 간단히 풀 수 없겠어요."

"어, 으음."

해맑은 항복 발언에 구리타는 내심 힘이 빠졌다. 그 대단한 아오이라도 사태가 이렇게까지 의도를 알 수 없으면 손을 쓸 방도가 없나 보다.

어쩔 수 없다고 생각하면서도 역시 분했다.

구리타는 이를 악물고 생각에 잠겼다. 이렇게 된 이상, 저 세 사람을 좀 더 거칠게 몰아붙여 볼까. 이대로는 감정적인 정리가…….

그런데 아오이가 어느 틈에 이상한 행동을 시작했다.

무심코 눈썹을 들어 올린 구리타의 시선 너머에서 아오이가 아기처럼 네 발로 실내를 기며 진지한 표정으로 다다미에 얼굴을 대고 있었다.

그러더니 갑자기 일어나 화장대 앞에 놓인 방석을 순서대로 뒤집고 "없어" 하고 혼잣말을 중얼거렸다.

"없네……."

다이쇼를 비롯해 다른 라쿠고가들도 멍하니 그녀를 바라보았다.

아오이는 방구석에 쌓인 방석 틈과 벽 커튼을 잡고 살펴보더니 나중에는 쓰레기통까지 들여다보았다. 당장에라도 손을 넣어 만지작거릴 기세였다.

구리타가 아오이에게 달려가 물었다.

"아오이 씨, 뭐 하는 거야?"

"증거품 탐색요. 일련의 행동이 지닌 목적을 도저히 모르겠으니까 그와는 다른 방향에서 해결하는 것이 좋겠다 싶어서요."

"증거품? 아, 그보다 지금 해결이라고 말했어, 아오이 씨?"

"네. 세상에는 아무리 생각해도 모르는 것이 있으니까요."

아오이가 투명감 넘치는 미소를 지으며 모두가 경악할 소리를 했다.

"동기를 모르겠다면 저지른 장본인에게 직접 들으면 돼요. 어쨌든 일단 붙잡아버리죠."

*

대기실을 나온 구리타와 아오이는 다이쇼의 뒤를 따라 홀 안의 통로를 걸었다.

그 뒤를 세키네, 슌코테이 이치타로, 기쓰포테이 라이마루, 슌코테이 고미미가 한 줄로 나란히 따랐다.

아오이를 제외한 전원은 긴장해서 다이쇼의 얼굴에도 미량의 땀이 배어 나왔다.

통로 벽 너머로 이따금 미미하게 관객의 웃음소리가 들렸다. 무대 위에 오른 라쿠고가는 대기실의 이변을 알면서도 프로답게 평소처럼 행동했다.

현재 구리타 무리가 향하는 곳은 업자가 다음 날 아침에 가지러 올 때까지 쓰레기를 정리해두는 장소였다.

아오이가 말하기를, 그곳에 결정적인 증거품이 있으니 조사하면 누가 후쿠미미를 잠들게 했는가에 도달할 수 있다고 했다.

그래서 다이쇼의 안내를 받는 중인데…….

"그런데 아오이 씨. 증거품이 뭐지?"

구리타가 묻자 아오이는 짓궂게 눈을 반짝이며 지금부터 설명하겠다고 했다.

"그래도 그 전에…… 구리타 씨는 만주를 어떻게 생각하세요?"

"응?"

뜬금없는 화제에 구리타는 당황했다.

"아, 갑자기 죄송해요. 그래도 전제 정보로서 꼭 확인하고 넘어갈 필요가 있어요. 번거로우시겠지만 구리타 씨, 화과자 장인으로서 알기 쉽게 만주에 관해 설명해주실 수 있을까요?"

"으음, 알겠어. 단, 내가 만주를 얘기하면 좀 길어질 거야."

"가능하면 짧게 부탁해요."

"……어쩔 수 없지! 그럼 빨리 말할게. 만주는 주로 밀가루 따위를 이겨서 만든 반죽으로 팥소 등의 재료를 감싼 나마가시야. 찌면 '찜만주', 구우면 '구움만주'. 세부적인 종류는 어마어마하게 많지만 크게 나누면 이 두 가지야. 뭐, 양과자 제조법을 추가하면 '서양식 만주' 같은 장르도 있지만."

구리타가 후쿠미미에게 건넨 것은 팥소와 밀가루로 만든 정통적인 찜만주였다.

오래 쪄서 만들어 진한 엽차와 곁들여 먹으면 소박한 재료가 서로 상승효과를 내 쓴맛, 떫은맛, 단맛이 어우러진 각별한 맛을 느낄 수 있다.

"그거예요!"

구리타의 해설에 아오이가 폴짝 뛰어오르며 말했다.

"만주에는 역시 일본 전통차가 잘 어울려요. 그런데 후쿠미미 씨가 숙면을 취하시는 그 방에는 있어야 할 것이 없었어요."

순간 구리타는 깨달았다.

"……음료수가."

생각해보니 분명 막연하게 위화감이 있었다.

탁자 위에는 만주가 세 개 남았는데 음료수가 보이지 않았다. 그렇다고 다 마신 것도 아니었다.

구리타는 탁자 위의 모습을 머릿속에 떠올렸다.

……탁자 위에는 구리마루당의 만주가 든 화과자 상자. 그 밖에는 백지 메모장, 볼펜, 포트와 주전자, 사용하지 않은 찻잔 등이 있었다.

그렇다, 찻잔에 사용한 흔적이 없었다. 그래서 묘하게 딱 와닿지 않았다.

"그렇다는 건…… 아오이 씨!"

"그래요. 그 탁자 위에 없었던 음료수를 생각하면 전부 해결돼요."

아오이가 말하기를, 수면유도제는 만주가 아니라 음료수 쪽에 들었다.

그러나 탁자 위의 찻잔은 미사용. 차를 탈 수 있는 환경이었는데도 불구하고 후쿠미미는 그걸 마시지 않았다.

그렇다면 그는 무엇을 마셨을까?

"만주에 어울리는 차 이외의 음료라면 역시 우유죠."

아오이가 단호하게 말하고 입술을 살짝 핥았다.

"구리타 씨는 단팥빵과 우유 조합, 좋아하세요?"

"응? 또 느닷없이……. 그래도 뭐, 그건 맛있지. 단팥빵과 우유는 발군으로 상성이 좋은 조합이라고 생각해."

"저도 그래요. 참고로 단팥빵의 기원이 만주라는 거 아세요?"

구리타는 허를 찔렸다.

"……그래?"

"일본에 빵이 전해진 것은 16세기…… 아즈치모모야마 시대*

---

* 통상 1573년부터 1603년까지 오다 노부나가와 도요토미 히데요시가 일본 정권을 지배한 시기. 오다 노부나가의 본거지가 아즈치 성이고 도요토미 히데요시가 교토의 모모야마에 본거지를 두었기에 이렇게 불린다.

라고 하는데요, 오랫동안 보급되지 못했어요. 당시 일본인의 주
식은 쌀이었으니까 웬만해선 입에 맞지 않았겠죠. 그런 사정이
변한 건 단팥빵이 발명되었기 때문이에요."

"단팥빵이."

"네. 원래 메이지 시대 때 지금도 있는 '기무라야 총본점'의
창업자 기무라 야스베 씨가 술만주**에서 발상해 개발한 것이
라고 해요. 일본인은 만주를 좋아하죠. 그렇다면 만주처럼 빵
에 팥소를 넣으면……이라는 발상에서 만든 것이 대호평을 얻
었고 그 이후로 다양한 빵이 만들어졌죠. 이렇게 일본에 빵 문
화가 뿌리내렸어요."

"단팥빵이 그렇게 유서 깊은 거였구나."

"당시 메이지 일왕도 드셨다고 하니까요. 벚꽃 소금 절임을
넣은 벚꽃 단팥빵을 헌상한 날, 4월 4일이 단팥빵의 날이 된
이유가 그래서라고 해요. 그렇게 궁내청에 납품된 것도 보급
에 한 역할을 했겠죠."

앞으로는 더욱 고풍스러운 기분으로 단팥빵을 먹을 수 있겠
다고 구리타는 생각했다.

"또 잼빵은 기무라야의 3대 주인이 발명했는데, 이건 됐고

***

** 효모를 사용해 밀가루 반죽을 발효시키고 팥소를 넣은 만주.

요……. 어쨌거나 우유와 잘 어울리는 단팥빵의 기원이 만주인 거죠. 그렇다면 지금부터 음료를 '우유'라고 가정하고 추론을 해볼게요."

방금 선보인 지식 덕분에 가정에 설득력이 생겼다.

"후쿠미미 씨는 수면유도제가 든 우유를 누군가에게 받았어요……. 그리고 후쿠미미 씨가 잠에 빠지면서 우유를 흘리는 바람에 탁자 옆에 재떨이와 담배꽁초가 있는 거죠."

"뭐……?"

무슨 소리지?

"후쿠미미 씨가 피울 리 없는 담배잖아요. 구리타 씨, 떠올려보세요. 대기실에 있던 라이마루 씨가 일부러 흡연실까지 담배를 피우러 간 건 후쿠미미 씨가 싫어하기 때문이었죠. 게다가 후쿠미미 씨와 다이쇼 선생님은 공연 시작 전에 이런 말씀을 나누셨어요.

'스승님, 여전히 금연을 못 하시나 봅니다' '됐다고. 네놈이 안 피운다고 남한테 강요하지 마'라고."

……자다가 떨어뜨렸는지 바로 옆 다다미에 재떨이와 담배꽁초가 널브러졌다.

"그런 거였나!"

구리타는 깨달았다. 다다미에 우유를 흘리면 닦아도 냄새가 쉽게 가시지 않는다.

그래서 후쿠미미가 피울 리 없는 담배꽁초를 근처에 떨어뜨린 것이다. 우유 냄새를 담배 냄새로 위장하기 위해서.

아오이는 계속 설명했다.

"그런데…… 말씀드렸나요? 저, 후각도 예민해요. 지금까지 우유라고 가정하고 추론을 진행했는데요, 사실 냄새는 이미 확인했어요."

"아! 그때 그래서."

네 발로 실내를 기어 다니며 다다미에 얼굴을 대던 아오이의 모습을 구리타는 떠올렸다.

냄새를 조사했었나 보다.

"그러니까 증거품은 사용한 우유병이나 우유갑이죠. 열심히 찾았는데도 발견되지 않은 것으로 보아 분명 처분한 뒤일 거예요."

"그래서 쓰레기장까지 가는 건가……."

아오이의 설명을 들은 모두가 이해했다는 표정으로 고개를 끄덕였고, 최고 연장자인 다이쇼도 나직하게 신음했다.

"그렇군. 그 증거품을 찾아 조사하면 누구 짓인지 밝혀진다는 게야. 아아, 아오이 양은 정말 대단하구면."

아오이는 부끄러워하며 뺨을 꾹 누르고 중얼거렸다.

"칭찬받았어……. 저, 나중에 코미디 스타가 될지도 몰라요."

"아니, 아마 그렇지 않을 거야. 그런데 아오이 씨, 그거지? 이 거 덫이잖아."

"아, 아셨어요?"

아오이가 구리타에게 얼굴을 가까이 대고 장난스럽게 혀를 메롱 내밀었다.

"그쯤 설명하면 나라도 알아. 의심스러운 녀석들 앞에서 나불나불 말할 리가 없지. 일부러 들려줘서 진의를 밝히려는 속셈이지?"

"역시 구리타 씨, 예리하세요. 아무래도 그러는 편이 간단하니까요."

뭘 하려는지 알았다. 구리타와 아오이는 마주 고개를 끄덕이고 멈춰 서서 통로를 돌아보았다.

선두에 선 다이쇼 외에 뒤를 따르는 것은 세키네, 슌코테이 이치타로, 기쓰포테이 라이마루.

어느새 한 명이 사라졌다.

"돌아가자."

구리타 무리는 지금까지 온 통로를 달려 되돌아갔다.

이로모노 예능인용 대기실에 도착하자, 가방을 들고 어디론가 가려는 슌코테이 고미미가 있었다.

"······읏!"

순간, 고미미는 가방을 안고 달렸다.

그러나 잽싸게 옆을 빠져나가려는 찰나, 구리타가 그의 손목을 붙잡고 비틀었다.

"헛수고야. 도망 못 쳐."

고미미의 몸에서 순식간에 힘이 빠졌다.

구리타가 압수한 가방을 열자, 안에는 깔끔하게 접힌 우유갑이 편의점 봉투에 든 채 감춰져 있었다.

스승의 가방 심부름꾼이 그 가방 안에 스승을 잠들게 한 증거품을 숨겼으리라고 보통 생각하지 않으리라. 그렇기에 방에서 가지고 나오지 않고 가방에 넣어두고 나중에 안전한 곳에서 처분할 생각이었을 것이다.

단순히 흘린 우유를 눈속임하느라 필사적이어서 여유가 없었는지도 모르지만.

"아아, 일반적인 상황이라면 멋대로 남의 가방을 열어볼 수는 없으니까 덫을 깔 수밖에 없었어요. 그 우유갑을 조사하면 후쿠미미 씨한테 투여한 것과 같은 수면유도제가 검출될 거예요."

고미미는 그 자리에 무릎을 꿇고 풀썩 고개를 숙였다.

*

슌코테이 고미미는 오늘 출연자 정보를 미리 알았다.

스승 후쿠미미는 이로모노 예능인이 오지 않으면 매번 그쪽 대기실을 사용하곤 했다. 전에 한번 시험 삼아 써보고 마음에 들어했으니 이번에도 아무도 없는 대기실을 쓰리라 예상했다.

고미미는 수면유도제를 넣은 우유를 준비해 미리 이로모노 예능인 대기실에 숨겨 두었다.

오늘 오후, 후쿠미미와 함께 대기실에 들어온 고미미가 그 우유에 손을 쓴 타이밍은 사실 제일 처음으로…….

후쿠미미가 이로모노 예능인의 대기실에 만주를 두러 갔을 때였다.

그때 가방을 들고 동행한 고미미는 후쿠미미가 이로모노 예능인의 대기실을 나서기 직전, 잽싸게 만주 옆에 우유를 보란 듯이 놓았다.

팩에 든 우유를 본 후쿠미미는 번거롭게 차를 타지 않아도 되고 유통기한이 지나기 전에 먹지 않으면 아깝다고 생각할 것이다……. 고미미는 그렇게 예상했다.

고미미가 6시 반에 자리를 한 번 뜬 것은 자판기에서 탄산 음료를 사기 위해서가 아니라 후쿠미미의 상태를 보기 위해서였다.

은근슬쩍 경로를 변경한 고미미가 몰래 이로모노 예능인의 대기실을 엿보니, 역시나 후쿠미미는 숙면 중이어서 그런 의미에서는 성공이었으나, 이 타이밍에 처분할 예정이었던 증거인 우유가 다다미에 쏟아진 것은 오산이었다.

아마 후쿠미미가 탁자에 엎어지면서 떨어뜨렸을 것이다.

고미미는 당황했다. 닦았지만 우유 냄새가 다다미에 남아 사라지지 않았다.

이렇게 됐으니 어쩔 수 없어서, 오전 중에 이로모노 예능인이 사용한 재떨이를 쏟아 꽁초 냄새로 우유 냄새를 덮으려고 했다.

그렇게 고미미는 동요를 감추고 라쿠고가용 대기실로 돌아갔다.

그러나 구리타와 아오이가 완벽하게 수수께끼를 풀어 음모가 백일하에 드러났다.

모든 것을 자백한 고미미는 지금 눈물 어린 눈으로 다다미에 꿇어앉아 다이쇼에게 설교를 듣고 있었다. 그 옆에서 스승인 후쿠미미는 탁상에 엎드려 여전히 잠에 취한 상태였다.

"……파문이야, 파문!"

다이쇼는 노발대발했다.

주름이 깊이 새겨진 얼굴을 시뻘겋게 붉히고, 정좌한 고미미를 내려다보며 외쳤다.

"제자로 두지 못할 놈이야. 내가 네 녀석 스승이라면 반드시 파문한다!"

"……죄송합니다."

"머저리 같으니! 세상에는 죄송하다로 끝나지 않는 일도 있는 게야!"

"정말…… 잘못했습니다."

"진짜 기가 차는 놈이구먼! 네 녀석은 후쿠미미의 가르침을 받을 자격이 없어!"

순코테이 이치타로도 기쓰포테이 라이마루도 어지간히 화가 났는지, 감싸주지 않고 고미미를 노려보았다.

그 와중에 아오이만이 무릎을 꿇은 고미미를 안쓰럽게 지켜보았다.

아오이는 상냥한 성격이니까 다이쇼의 분노가 어느 정도 가라앉을 때를 노려 중재에 나설 생각이리라.

구리타는…… 화도 화지만 지금은 놀라움과 의문이 앞섰다. 상식적으로 말이 안 되니까. 다이쇼의 설교가 멈춘 것을 틈타 고미미에게 물었다.

"그런데 너. 도대체 왜 이런 짓을 했지?"

고미미는 무릎을 꿇고 앉아 주먹을 꼭 쥐고 아랫입술을 깨물었다. 밝힐 생각이 없나 보다.

"여기까지 와서 묵비권은 아니지. 털어놔 봐. 후쿠미미 씨한테 뭔가 불만이 있는 모양인데, 이대로는 전해지지 않아."

"……저는."

고미미가 고뇌에 찬 표정으로 무슨 말인가 하려는 순간, 놀라운 일이 벌어졌다.

"우하아암……."

"어!"

모두가 놀라 굳어졌다.

탁상에 엎어져 있던 후쿠미미가 갑자기 움직인 것이다. 동면에서 깬 곰처럼 거구를 느릿느릿 일으키더니 손등으로 눈을 비비며 크게 하품을 했다.

그 자리에 있는 모두가 절규하는 가운데, 후쿠미미는 오싹할 정도로 아무렇지 않게 웃었다.

"이런, 나도 모르게 잠이 들었네. 피로가 쌓였나 봐!"

모두 완전히 얼이 빠졌다.

전직 의사인 세키네가 불쑥 중얼거렸다.

"그 약, 반나절은 자도 이상하지 않아요. 대단한 체력이야……."

"그거예요!"

갑자기 고미미가 날카롭게 외치며 후쿠미미를 가리켜서 모두 정신을 차렸다.

"저는 오랫동안 그것 때문에 괴로웠어요……."

슌코테이 후쿠미미의 남다른 체력이 이번 사건의 실질적인 동기라고 고미미는 털어놓았다.

"어어, 무슨 의미인지 잘 모르겠는데."

"그러니까 이런 거예요……."

후쿠미미는 심각할 정도로 활력이 왕성해서 아침에는 일찍부터 저녁에는 늦게까지 움직인다.

당연히 제자인 고미미도 그에 따라야 한다.

스승의 가방 심부름부터 시작해 대기실 준비, 잡담 상대, 청소 등 신변 잡무.

거기에 자기 수행까지 한다.

라쿠고에는 일반적인 교본이 없어서 제자는 스승이 연기하는 예능을 듣고 배운다. 그때 메모하는 것은 기본적으로 금지이므로 집중해서 머리에 입력해야 한다.

그런데 고미미는 체력이 자랑인 후쿠미미를 매일 곁에서 모시는 피로감과 수면 부족의 영향으로 라쿠고를 들으며 종종 졸았다.

스승이 함께 해주는 연습 도중에 졸다니 언어도단. 덕분에 고미미는 수없이 혼이 나고 더 가혹한 수행을 명령받는 나날을 보내고 있었다.

"그러니까요. 제 체력은 한계 직전이라…… 이 눈 밑에 다크 서클을 봐요! 맨날 졸려서 죽을 것 같다고요! 그런데…… 터프한 스승님한테 제 이런 심정이 전해질 리가 없죠. 그래서 한번쯤 주무시게 할 생각이었어요……."

아무리 말로 설명한들 사람은 자신이 직접 경험하지 못한 것은 실감하고 이해하지 못한다. 그래서 고미미는 체험할 수 있게 계획을 세웠다.

졸다가 출연할 차례를 놓치는 실수를 저지르면 이쪽의 주장을 이해할 수 있을 테고, 이후에도 떳떳하지 못할 테니 심리적으로 압박을 받는다. 혼을 낼 때도 정상참작해주리라.

"……그렇군."

동기를 들은 구리타는 팔짱을 끼고 생각했다.

장난이 아니라 제법 머리를 써서 고안한 행위였나 보다. 듣고 보니 일리가 아예 없지는 않은데…….

구리타가 고미미를 타이르려고 했을 때, 후쿠미미가 안타깝게 한숨을 쉬었다.

"그런가……. 잠이 부족해서 눈 밑이 새까매진 거구나. 나는 그냥 혈액순환이 나쁜 줄 알았지."

모든 사정을 깨달은 후쿠미미는 몹시 괴로운 표정을 지었다.

잠시 머뭇거리다가 그는 진지하게 말했다.

"고미미, 미안하다."

"……스승님?"

놀라서 눈을 깜박이는 고미미에게 후쿠미미는 입술을 꾹 물었다 놓고 말했다.

"네가 그런 심정일 줄은 전혀 몰랐어. 스승으로서 미숙했다. 그래도…… 알아다오. 나는 네가 걱정이라……. 첫 제자를 한시라도 빨리 어엿하게 성장시키고 싶었어. 그것뿐이란다. 너는 조금 요령이 부족한 면이 있으니까 나도 모르게 엄격해져서. 정말 미안하다."

후쿠미미는 눈을 감고 고개를 숙였다.

예상하지 못한 반응에 당황했는지 고미미는 눈가에 눈물을 글썽이고 고개를 옆으로 돌렸다.

"스승님께서 사과하실 것…… 없어요."

"아니, 나는 내 제자를 전혀 이해하지 못했어. 바보였지. 정말 어리석었어. 네가 요령이 없긴 뭐가 없니. 놀랄 만큼 행동력이 있는 슈퍼루키였어……."

"네?"

고미미를 포함한 주변 모두가 멍하니 입을 반쯤 벌렸다.

후쿠미미는 무릎을 손바닥으로 탁탁 치면서 경쾌하게 설명하기 시작했다.

"아니, 그렇잖아? 이런 일, 설령 생각했더라도 제대로 된 인간은 실행하지 않아. 망상만 하다 만다고, 보통."

온갖 악행에 다 해당할 소감이지만 틀린 말은 아니었다.

"그런 의미에서도 고미미……. 이번 사건을 통해 나는 널 다시 봤다! 장래가 정말 기대되는구나!"

"스, 스승님……."

파문은커녕 후쿠미미는 오히려 제자의 자질에 반해버렸다. 예능인의 감성은 일반인으로는 이해할 수 없다고 생각하게끔 하고, 사실은 교묘히 제자를 감싸주는 것이다.

후쿠미미는 몸만이 아니라 도량도 큰 남자였다.

고미미는 온몸에 힘이 쭉 빠졌는지 완전히 허탈해진 상태였다.

구리타도 반쯤은 기가 차고 반쯤은 감동해서 말문이 막혔는데, 곧 침묵이 흐르는 대기실에 한 라쿠고가가 들어왔다.

"으악."

그가 몸을 뒤로 물리며 놀라 탄성을 질렀다.

"목소리가 들려서 왔더니 역시 일어났네……. 후쿠미미 씨, 갈 수 있겠어?"

"아, 내 차롄가. 그야 당연히 갈 수 있지. 일어났으니까. 잠도 깼으니 연기나 한바탕 하고 올까."

쾌활하게 웃으며 후쿠미미가 일어났다.

그걸 본 고미미는 튕기듯이 다다미에 양손을 짚고 고개를 조아렸다.

"스승님…… 이번엔 정말 죄송했습니다!"

"나도 마찬가지야. 그보다 고미미, 내 십팔번을 똑똑히 들어 두렴."

"네!"

"좋구나, 대답만큼은! 아아, 이건 거짓말. 앞으로도 잘 부탁한다."

후쿠미미가 시원시원하게 대기실에서 나간 후에도 고미미는 양손을 다다미에 짚은 채 바들바들 떨고 있었다.

저분이 스승님이라 다행이다……. 진심으로 그렇게 생각했다.

생색을 내지 않고 농담조의 태도를 보였기에 오히려 제자로 하여금 마음 쓰지 않게 하겠다는 배려가 전해졌다. 넓은 도량과 배려에 감탄한 고미미는 태어나서 처음으로 신이나 부처님 앞에서 손을 모으는 자의 심정을 이해할 수 있었다.

그저, 그저 끝도 없이 감사했다.

곧 홀 쪽에서 후쿠미미를 환영하는 관객들의 따뜻한 박수가 미미하게 들렸다.

고미미는 지금의 감동을 곱씹으며 언제까지나 꼼짝도 하지 않고 고개를 숙였다.

*

이렇게 후쿠미미와 고미미 사제의 소동은 원만하게 끝났다.

지금, 밤의 구리마루당 찻집에는 향긋한 냄새가 농후하게 풍겼다.

"좋구먼, 좋아. 맛있을 것 같아!"

"정말 냄새가 대단해요……."

한 탁자에 앉아 목소리를 높이는 후쿠미미와 고미미를 보며 하얀 가운 차림인 구리타와 아오이는 미소 지었다. 맛있는 음식을 앞에 둔 사람의 반응은 이유 없이 미소를 불러일으킨다.

아오이를 힐끔 바라보고 구리타가 물었다.

"아주 기뻐 보이는데, 아오이 씨?"

"구리타 씨야말로 해사한 표정인데요?"

"해, 해사하긴 무슨! 눈의 착각이야."

구수한 향기에 푹 빠진 후쿠미미와 고미미는 이쪽 상황이

귀에 전혀 들리지 않는 모양이다.

구리타는 무대에서 라쿠고를 무사히 성공적으로 끝마친 후 쿠미미와 제자 고미미를 가게에 초대했다.

화해한 스승과 제자가 서먹해지지 않도록 한자리를 마련해 준…… 것은 아니고, 알려주고 싶은 것이 있어서였다.

지금 탁자 위에는 따끈따끈한 술 찜만주가 있었다.

갓 쪄낸 직후라 향이 아주 좋았다. 코부터 머리까지 일직선으로 통하는 산뜻함과 향긋함이 훌륭했다.

이 상황은 흐름으로 따져 뒤풀이 같기도 한데, 구리마루당에서는 술 종류를 내지 않으므로 대신에 질 좋은 지게미를 담뿍 사용했다.

뭉실뭉실한 하얀 만주 반죽은 단순하지만 정성껏 만들었다.

참마를 갈아 설탕을 몇 차례에 나눠서 뿌리고 열심히 섞다가, 체에 거른 지게미를 아낌없이 투입.

그리고 다시 공이로 열심히 섞고 이스트파우더를 넣은 뒤 또 섞는다. 체에 잘 거른 박력분을 넣고, 공이를 고무 주걱으로 바꿔 덩어리로 만든다.

그 후, 손으로 갠 반죽에 으깬 팥소를 둥글게 넣어 시간을 들여 찐다.

어딘가 향수를 자극하는 일본 술의 향기와 팥소의 달콤한 냄새가 어우러져 기분을 좋게 해준다. 추운 밤, 이것과 쌉쌀한 녹차의 조합은 완벽하다.

"아아, 침이 떨어져. 먹어도 되겠냐, 진?"

"물론."

"그럼 저도…… 잘 먹겠습니다!"

후쿠미미와 고미미는 탁자 위에 대량으로 쌓인 술 찜만주를 하나 집었다. 아른아른 김이 나는 만주를 덥석 물었다.

둘 다 동시에 눈을 휘둥그렇게 뜨며 감격에 겨워 외쳤다.

"맛있어! 이거…… 맛있는데!"

"으아아아…… 부드러워!"

사제는 생생한 반응을 보이며 흥분해서 술 찜만주를 먹었다.

설마 벌써 취한 건 아닐까 의심이 갈 정도로 뺨을 붉히고 희희낙락 먹더니 순식간에 해치웠다.

"하, 하나 더 먹어도 되나요?"

입술을 날름 핥은 고미미에게 사양하지 말고 그러라고 구리타는 고개를 끄덕였다. 고미미는 엄청난 속도로 먹어치웠다.

"우아……. 역시 맛있어."

"좋은데. 술과 팥이라, 이건 진정한 전통의 맛이야."

"씹으면 살짝 술의 신맛이 나는 겉이랑 팥소의 상큼한 단맛이 입에서 이렇게, 은은하게 뒤섞여서…… 절묘해요!"

"막 찐 거라 따끈따끈하고, 겉 반죽은 촉촉한데 또 말랑말랑해. 정말 그윽하다. 향기도 좋고 감칠맛이 나."

"달고 부드럽고……. 몰랐어요. 막 만든 만주는 이렇게 사람을 따뜻하게 만들어주는 거네요."

"나, 좀 취한 것 같아."

둘 다 배가 고팠나 보다. 큰 접시에 담은 술 찜만주가 빠르게 사라졌다.

맛에 취해 눈을 가늘게 뜨고 행복하게 웃으며 만주를 먹는 사제의 모습을 보니 자연히 화해해서 다행이라는 생각이 들었다. 아오이도 행복한 눈빛으로 둘을 바라보았다.

이윽고 구리타는 허리에 한 손을 대고 천천히 입을 열었다.

"이제 알았지, 고미미."

"네?"

눈을 깜박이는 고미미에게 구리타는 무뚝뚝하게 말했다.

"스승님과 대적하는 건 네 자유지만, 만주는 사람을 불쾌하게 하기 위한 음식이 아니야. 화과자 장인으로서 이것만은 꼭 말해주고 싶었어."

고미미는 당황해서 잠깐 굳어졌으나 곧 부끄러운 듯이 눈을 내리깔았다.

"그래요……. 이렇게 맛있는 걸 맛보는 그 순간, 사람이 즐겁게 기대하는 소중한 순간을 엉망으로 망치는 짓은 절대로 해선 안 됐어요……."

"당연하지. 너도 라쿠고 도중에 누가 방해하면 화가 날 거 아니야. 그거랑 같아."

"네……. 그렇구나, 라쿠고도 화과자도 같구나……."

고미미가 중얼거렸다.

사람을 기쁘게 하고 즐겁게 하고 행복하게 해주기 위해 존재하는 것이라고.

"……구리타 씨, 이번에는 여러모로 폐를 끼쳐서 죄송했습니다. 저는 인간으로서 중요한 것을 배운 것 같아요."

"으악, 그만해. 그만하라고. 기분 나빠."

구리타가 손을 정신없이 휘둘렀다.

많은 일이 있었으나 지금은 모든 갈등이 풀렸다. 모처럼 맛있게 찐 만주를 즐기는 순간에 괜한 일을 되살리고 싶지 않았다.

그런 무뚝뚝한 구리타를 옆에 선 아오이가 맑은 웃음을 짓고 바라보다가 "아, 맞다!" 하고 갑자기 양손을 부드럽게 마주쳤다.

"후쿠미미 씨, 고미미 씨. 이번 사건을 라쿠고로 만들어서 요세에서 선보이면 어떨까요?"

발상력이 뛰어난 자, 아오이가 자유분방하게 말했다.

"그대로는 위험하니까 약간 비틀어서요……. 스승님께 장난을 친 제자가 분란을 일으킨 끝에 독이 든 만주를 먹고 사죄하려고 했는데, 사실은 남몰래 바꿔치기해서 그냥 맛있을 뿐이었다, 뭐 이렇게."

"너무 비틀었잖아! 원형이 없어!"

이어진 구리타의 말에 터져 나온 모두의 웃음소리가 밤의 구리마루당에 메아리쳤다.

이 라쿠고에 제목을 짓는다면 대충 '만주가 무서워'가 아니라 '만주가 맛있어'일까. 제목은 원형 그대로라고 구리타는 생각했다.

제3장

사쿠라모찌

3월도 중순에 접어들어 이른 벚꽃이 벌써 피기 시작했다.

반짝이는 수면을 건너 불어오는 바람에 머리카락이 나부꼈다. 아오이는 물씬 다가온 봄기운을 온몸으로 만끽하며 스미다 강가를 걸었다.

정오까지 앞으로 30분. 아사쿠사 역에 도착해서 구리타의 휴식 시간까지 시간이 남은 것을 안 아오이는 역 동쪽으로 돌아 혼자 강변을 산책하기로 했다.

다음 달이면 이 일대에 벚꽃이 만개해 눈이 번쩍 뜨일 만큼 강렬한 색으로 물든다고 한다. 아오이는 벌써 기대됐다.

아사쿠사는 정말 좋아하는 동네였다.

처음 방문한 계기는 사소했으나, 지금은 진심으로 푹 빠져서 본업의 기분 전환을 겸해 자주 놀러 오고 있다.

멋있고 화려하고 활기 넘치면서도 그립고 소박한 느낌이 나는 거리.

요즘 시대에 잊히기 쉬운 따뜻한 인간미가 살아 숨 쉬는 거리.

아사쿠사의 여러 주민과 만날 때마다 일본은 앞으로도 괜찮다고, 희망찬 미래가 기다리고 있다고, 이론으로 설명할 순 없어도 확신할 수 있었다.

크게 기지개를 켜고 심호흡을 했다.

눈부신 햇살을 받아 반짝이는 강 수면을 바라보면서 아오이는 오늘은 어떤 조언을 할지 고민했다.

구리마루당의 신상품 개발에 관한 문제였다.

아오이가 그 제안을 한 이래, 구리타는 착실히 시행착오를 반복하고 있으나 마음에 차는 상품에 아직 도달하지 못했다. 꽤 오랫동안 고생하고 있다.

구리타는 겉으로 보이는 태도야 어쨌거나 본성은 성실한 장인 기질이니까 지나치게 고민하는 것도 역효과라고 조언해볼까. 아니면 더 골똘히 생각해보라는 노선 쪽이 좋을까.

원래 아오이의 집에는 어떤 종류의 고민거리를 안은 사람이 종종 상담하러 온다.

오랜 전통 기술과 다양한 정보가 모이는 장소여서 강력한 후광효과가 발생하는 것인지, 조언을 구하는 사람이 끊이지 않는다.

아오이는 오는 사람을 거절하지 않는다.

가능한 범위에서 아낌없이 아이디어를 제공한다.

다행이라고 기뻐하는 사람을 보면 아오이도 자연히 웃게 된다.

지금은 인생의 에어포켓* 같은 상황에 놓인 아오이지만, 화과자 업계에 공헌할 수 있어서 순수하게 기뻤다.

그러나 그것은 어디까지나 의뢰에 응답하는 형식으로, 구리마루당을 대하는 자세와는 전혀 달랐다. 구리타와는 자발적으로 관계를 맺으며 그의 약진을 가까이에서 지켜보고 싶었다.

불량배들이 말을 건 것은 막연히 그런 생각을 하며 산책로를 걸을 때였다.

"이쁜이."

"어디 가시나?"

모두 세 명. 강가 방호벽에 기대 담배를 피우고 있었다.

싸구려로 보이는 노란색으로 머리를 물들이고 평일 오전 중에 교복을 입고 이런 곳에 있으니 불량배라고 인식하는 것이

---

* 비행 중인 비행기가 순간적으로 함정에 빠지는 것처럼 하강하는 구역. 여기에서는 인생의 하향 곡선 같은 의미로 쓰였다.

타당하다.

아니요, 저, 당신들 이쁜이가 아니라서요……. 평소의 아오이라면 이렇게 대꾸했겠지만, 갑작스러운 사태에 놀라 당황했다. 그 틈에 둘러싸였다.

셋은 고등학생이지만 덩치가 커서 체력적으로 분명 아오이보다 위였다. 달려서 도망치기는 무리일 것 같았다.

"어이, 우리랑 놀지 않을래?"

리더로 보이는 불량배가 아오이에게 한 걸음 다가왔다.

소년도 어른도 아닌 사춘기의 불안정한 심리가 뒤섞인 얼굴에 묘한 긴장감이 서렸다.

원래 나쁜 아이는 아니겠지, 하고 머릿속의 냉정한 부분이 생각했다. 감당할 수 없고 파악할 수 없는 어떤 감정에 휘둘려 어리석은 행동을 할 뿐이다.

그런 자와 만나는 것은 처음이 아니다…….

순간, 둔탁한 아픔이 느껴져 아오이는 오른쪽 손목을 눌렀다.

"……읏?"

무슨 짓을 당한 것도 아닌데 갑자기 주변에 산소가 희박해지고 오래된 상처에서부터 서서히 힘이 빠져나가는 감각이 느껴졌다.

위험하다고 직감했다.

심인성이다. 얼마 전까지는 자주 이유도 없이 이런 상태에 빠졌다. 최근에는 이런 일이 거의 없어서 안심했는데 지금 상황에 영향을 받았나 보다.

새파랗게 질려 손목을 붙든 아오이를 보고 불량배들은 대놓고 허둥거렸다.

"어, 어이? 왜 그래."

"괜찮아……?"

불량배들이 동요한 그때, 뒤쪽에서 나른한 목소리가 들렸다.

"어이, 뭐 하는 거야. 거기 품위 없는 바퀴벌레 세 마리."

"하……?"

불량배들이 일제히 돌아본 그곳에는 회색으로 염색한 머리를 밖으로 삐친 날씬한 청년, 아사바 료가 있었다.

날염 하프코트 앞섶을 풀어헤치고 목에는 은목주를 건 아사바가 바지 주머니에 양손을 찔러 넣고 아주 나른한 걸음걸이로 이쪽을 향해 다가오고 있었다.

"너 이 자식…… 지금 뭐라고 했어."

불량배 한 명이 안색을 바꾸고 아사바를 위협했으나, 그는 태연히 무시하고 아오이를 바라보았다.

"아오이 씨, 괜찮아요?"

"어? 아, 네."

뜻밖의 인물이 출현해서 다른 의미로 놀란 덕분일까, 평상심을 되찾을 수 있었다.

아오이는 심호흡하고 활기차게 손을 흔들었다.

"괜찮아요."

"그래요."

아사바는 거드름을 피우며 앞머리를 쓸어 넘기고 숨을 내쉬었다. 그 여유로운 태도에 화가 치솟았는지 불량배들이 콧잔등에 주름을 잡으며 외쳤다.

"뭐라고 했는지 묻잖아!"

"시끄러워……. 듣기 싫게 꽥꽥거리지 마, 빌어먹을 바퀴벌레."

키가 큰 아사바는 불량배들 앞에 멈춰 서더니 잘생긴 턱을 들고 다양한 의미를 담아 그들을 내려다보며 말했다.

"잘 들어라? 헌팅은 나처럼 얼굴이 잘난 남자만의 특권이야. 네놈들처럼 못생긴 애새끼는 실행에 옮길 자격도 없다고. 내 말, 이해하겠어?"

당당한 자화자찬과 독설을 들은 불량배들은 반쯤 기가 찬 얼굴로 얼어붙었다.

"애초에 거기 미인이 누군지 알기나 해? 구리타의 동료야."

"……구리타?"

순간, 불량배들 사이에 명확하게 동요가 흘렀다.

"어? 구리타라니, 그 구리타……?"

"아사쿠사를 제패한 선선대의……."

"에이, 설마."

불량배들이 겁을 집어먹은 표정으로 돌아보아서 아오이는 눈썹을 축 늘어뜨리고 대답했다.

"……어어, 뭐가 뭔지 잘 모르겠지만 일단 저, 구리타 씨와 면식이 있어요. 지금 가게에 놀러 가는 중이에요."

"가, 가게라고 하심은."

"과자점 구리마루당."

"……윽!"

그 말에 극적인 효과가 있었다. 얼굴이 창백하게 변한 그들을 아사바가 비웃었다.

"이제 알았지? 참고로 나는 그 구리타의 유일무이한 라이벌……."

"죄, 죄송했습니다!"

아사바가 말을 마치기도 전에 그들은 고개를 숙이고 토끼처럼 도망쳤다.

깔끔한 용모와 화려한 옷 취향, 유례없는 독설의 소유자인 아사바 료와는 작년에 구리타와 같이 갔던 대학 축제에서 처음 만났다.

그는 아사바 제작소라는 소규모 공장의 후계자로 도내 사립 대학에 다닌다.

구리타에게 들은 이야기로 둘은 견원지간이다.

초등학생 때, 동네 자치회 대항전인 소프트볼 시합에서 투수로 활약한 아사바에게 대타였던 구리타가 굿바이 홈런을 친 이래, 허무한 관계가 시작되었다고 한다.

아사바는 구리타를 일방적으로 적대시하며 중학교, 고등학교 시절에 사사건건 시비를 걸었다.

당시 구리타는 불량 집단의 보스, 아사바는 한 마리 외로운 늑대였다고 하니 뜻이 맞지 않아 수없이 충돌했다. 겉보기에 말랐으나 아사바는 싸움에 제법 강했다.

구리타가 불량 집단과 인연을 끊고 진학한 대학에서 아사바와 우연히 재회했을 때도 역시 이래저래 다퉜다고 한다.

구리타가 대학을 휴학하고 구리마루당을 잇기로 했을 때, 아사바는 맹렬히 반대했다.

극렬한 말다툼 끝에 둘은 오랫동안 소원해졌으나, 저번 대학 축제 때 아사바가 구리타를 초대했고 그 자리에서 직접 만든 도라야키를 같이 먹은 것을 계기로 원래 관계를 회복했다.

원래 관계…… 즉, 길에서 만나면 욕설을 주고받고 비꼬며 응수하는 정도의 관계.

극단적으로 말해 싸움 친구일까. 물론 그런 관계도 좋다고 아오이는 생각했다.

"아아, 그나저나 덕분에 살았어요. 아사바 씨."

"딱히요. 나는 바퀴벌레가 싫어서 쫓아냈을 뿐이에요."

"정말 고맙습니다. 만약 아사바 씨가 안 오셨더라면."

"괜찮았을 거예요. 그런 어린애들, 애초에 배짱도 없어서 그냥 남을 위협하면서 신이 났을 뿐이니."

"음……. 그럴 수도 있겠네요."

"그런데 요즘 어린 것들은 도망치는 속도만 빨라. 오랜만에 누굴 좀 패고 싶은 기분이었는데."

아사바가 아무렇지 않게 험악한 소리를 해서 아오이는 당황했다.

막 만났을 때는 미처 몰랐는데, 오늘 아사바는 짜증이 가득한 것 같았다. 나른한 목소리 뒷면에 왠지 모르게 언짢은 어조가 깃들어 있었다.

산을 하나 넘었으나 여전히 산이 남은 상황이라고 할까.

지금 아오이와 아사바는 구리마루당을 향해 가미나리몬 거리를 지나고 있었다. 불량배들이 도망친 후, 아사바도 구리타의 가게에 가는 길이라고 해서 동행했다.

아오이가 무슨 용건인지 물어도 모호하게 말을 흐리며 가르쳐주지 않는 점이 수상했다.

정오에 가까운 시간이라 슬슬 구리타도 휴식에 들어갈 무렵이었다. 아오이는 싸움만 나지 않기를 바라며 아사바와 함께 오렌지 거리를 북상했다.

구리마루당 문을 열자 시호가 여느 때처럼 쾌활하게 맞아주었다.

"와아, 어서 와!"

"안녕하세요, 시호 씨."

"항상 일부러 미안해, 아오이. 구리 녀석은 아직 작업장에…… 어, 뭐야. 오늘은 희한한 게 있네."

"안녕하세요."

아사바가 나른하게 앞으로 나와 건성으로 인사했다.

"저기 시호 씨. 용건이 있으니까 플랑크톤 한 마리 좀 불러줘."

"플랑크톤……? 혹시 구리? 불러는 주겠는데 가게 안에서 날뛰면 안 된다? 싸우려거든 밖에서 해."

"안 싸워. 애도 아니고."

"무슨 소리실까. 내가 보기에 둘 다 한참 어린데."

"아! 그렇지…… 시호 씨가 보기에 우린 젊음의 극치일 테지?"

"……무슨 소리야? 어이. 그 발언에 과연 어떤 의미가 있을까, 아사바?"

"아, 아니, 딱히 깊은 의미는."

시호에게 먹살을 잡혀 신음하는 아사바를 보며 아오이는 변두리 동네 사람들은 재미있어서 좋다고 생각하며 웃었다.

곧 안에서 하얀 가운 차림의 구리타가 모자를 벗고 대충 머리를 긁적이며 나타났다.

"뭐야. 왜 이리 시끄러워…… 어, 아사바?"

"……여어."

구리타와 아사바의 날카로운 시선이 뒤섞였다. 두 전직 불량배는 아주 잠깐 말없이 노려보았다.

"쳇, 너도 변함없이 한가하구나."

구리타가 먼저 말로 잽을 날렸다.

"얼마 전까지만 해도 화과자 혐오증이었던 주제에 무리해서 자꾸 오지 마. 네가 먹어주지 않아도 구리마루당은 무사하다고. 뭐, 지금은 매출이 좀 힘들지만. ……그리고 아오이 씨한테도 집적거리지 말고."

그러고 보니. 아오이는 턱에 손끝을 댔다.

지난 대학 축제에서 도라야키의 맛을 깨닫기 전까지 아사바는 화과자를 싫어했다.

정확히는 화과자 혐오가 아니라, 먹지도 않고 무턱대고 싫어한 것이어서 혐오증이 나은 후로는 때때로 구리마루당에 화과자를 사러 온다고 하는데, 아오이로서는 굳이 쫓아낼 필요는 없다고 생각했다.

"……구리타."

그러면 그렇지, 아사바가 불쾌하게 입술을 일그러뜨려서 아오이는 내심 조마조마했으나 구리타는 전혀 신경 쓰지 않고 또 잽을 날렸다.

"이래 보여도 나는 바쁘다고. 신상품 관련해서 지금부터 아오이 씨랑 상담할 거야. 너랑 놀아줄 여유가 전혀 없다고. 알겠어?"

"……윽."

아사바는 아무 말 없이 아랫입술을 깨물었다. 아오이는 이상하다고 생각했다.

평소의 아사바라면 입을 다무는 것이 아니라 독창적인 독설로 반론할 상황이었다. 뭘 망설이는 걸까?

구리타도 이상하다 싶었는지, 고개를 살짝 기울이고 속이 훤히 들여다 보이는 도발을 반복했다.

"어이, 하고 싶은 말이 있으면 제대로 해. 자랑거리인 독설도 마침내 녹슬었나 보다? 네 유일한 장점이었잖아. 앞으로 어쩌시려고?"

아사바가 조용히 숨을 들이쉬는 것이 아오이에게는 보였다.

할 말 있으면 하라며 구리타가 더 몰아붙이자, 마침내 아사바가 폭발했다.

"구리타!"

망설인 것이 아니었다. 아사바는 예상 밖의 행동으로 구리타를 굳어버리게 했다.

"아, 아사바……?"

솔직히 아오이도 눈앞의 광경을 믿을 수 없었다.

망연자실하게 선 구리타 앞에서 아사바가 고개를 숙였다.

"부탁이다, 구리타……. 나랑 같이 가줘!"

있는 힘껏 쥐어짜는 아사바의 목소리에 구리타의 표정도 덩달아 긴장되었다.

"무슨 소리야? 어딜 가면 되는데."

"병원."

아사바가 신음하듯 말했다.

"가에데가…… 입원했어……."

구리타의 눈이 휘둥그레졌다.

*

아사바 가에데는 아사바 료의 여동생으로, 오빠보다 두 살 어린 열여덟 살이다. 올해 3월에 이 동네 고등학교를 졸업할 예정이다.

길고 큰 눈과 단정한 얼굴이 오빠와 닮았고 키도 여자치고 크다.

윤기 흐르는 흑발을 어깨까지 길렀는데, 어려서는 쇼트커트여서 오빠인 아사바로 오해받기도 했다.

구리타와 가에데가 처음 만난 것은 초등학생 때, 구리타가 지금도 잊지 못하는 인상적인 만남이었다.

초등학교 4학년 때, 구리타는 동네 자치회 대항전인 소프트볼 시합에서 아사바를 상대로 어마어마한 홈런을 쳤고 그 이래 아사바로부터 사사건건 괴롭힘을 당하기 시작했는데, 어느 날 하굣길에 오렌지 거리에서 경악할 만한 광경과 맞닥뜨렸다.

아사바가 스커트를 입고 구리마루당 앞을 얼쩡거리고 있었다.

기본적으로 아사바를 상대하지 않는다는 방침을 지닌 구리타였지만 소스라치게 놀란 탓이었을까. 자기도 모르게 다가가 말을 걸었다.

"아사바……. 너, 그게 무슨 꼴이야?"

"어?"

조금 높고 맑은 목소리가 돌아왔다.

자세히 살펴보니 얼굴 분위기도 미묘하게 달랐다. 녀석은
말했다.

"갑자기 불러놓고 무슨 헛소리야?"

"……응? 비슷한데 좀 다르네. 너 혹시 아사바가 아니야?"

"아사바야."

"오오, 안심."

"그런데 아마……. 너, 착각했을 거야."

"착각이라니 뭘?"

"너 오빠 친구지? 나는 아사바 료의 동생 아사바 가에데야."

"……에엑?"

초등학생 때는 대체로 남자보다 여자의 성장이 빠른 편인
데, 아사바 가에데는 특히 그런 경향이 현저했고 오빠 아사바
료가 중성적인 용모이기도 해서 한 박자 늦게 깨달았다.

"뭐야. 그 녀석 여동생이 있었나."

괜히 머리를 긁적인 구리타 주변을 아사바 가에데는 빙빙
돌면서 빤히 살펴보더니 입꼬리를 올려 웃었다.

"그렇구나. 너 구리타 진이지?"

가에데는 고개를 갸웃거리며 다양한 각도로 구리타를 관찰

했다.

"……그, 그런데 왜?"

그러자 가에데는 건방지게 코웃음을 치더니 위풍당당하게 양손을 허리에 댔다.

"오빠가 집에서 툭하면 네 얘기를 하니까 어떤 녀석인지 보러 왔어. 엄청나게 강하고 귀신 같은 놈이라고 들었는데…… 평범하네. 맥이 풀렸어."

"미안하다. 귀신이 아니라 미안해."

"이 정도면 나도 이길 수 있겠는데. 해버릴까?"

자신만만한 표정으로 가에데가 하는 소리에 구리타는 푸하핫 웃음을 터뜨렸다.

구리타는 타고난 운동신경이 뛰어나서 빈번히 운동부 시합 때 대타를 부탁받을 정도였다. 물론 싸움에서도 진 적이 없고 게다가 상대가 아사바의 여동생이라면 더했다.

"그만두시지. 나는 애 보기라면 질색이야. 집에 가서 소꿉놀이나 해."

적당히 응수하자, 가에데가 얼굴을 풍선처럼 부풀렸다. 발을 구르며 분개했다.

"뭐야, 너도 애면서! 에잇!"

"……우억?"

가에데가 느닷없이 구리타의 급소를 노리고 날카로운 앞차기를 날렸다. 재빨리 몸을 피해서 다행이지만 아슬아슬한 타이밍이었다.

"위, 위험했다……."

"아까워라!"

"그만해! 남자는 거기 맞으면 장난이 아니라고! 아니, 계집애면 좀 얌전하게."

"그렇지만 승부는 상대의 약점을 노리는 게 제일 효과적이니까……. 에잇!"

"그러니까 그만해!"

그 후에도 가에데가 연속해서 공격을 퍼부어 끝이 없었다.

남의 말을 들은 척도 않는 상대는 아무리 설득해도 무의미하다. 구리타는 그 자리에서 철수하려고 걸음을 돌렸다.

"뭐야, 구리타! 도망치려고?"

"너 같은 여장 남자랑 놀아줄 것 같아?"

"여장 남자……? 이 자식이, 거기 서지 못해!"

얼굴을 새빨갛게 붉히고 쫓아오는 가에데를 구리타는 타고난 빠른 발로 피했다.

추격하는 발소리가 멀어졌다. 잠시 후에 돌아보니 저 뒤에서 가에데가 양쪽 무릎을 붙잡고 어깨를 격렬하게 헐떡이며 구리타를 노려보고 있었다.

눈이 마주친 순간, 가에데는 말도 안 되는 선전포고를 했다.

"오, 오빠한테 이를 거야……!"

구리타는 하마터면 넘어질 뻔했다.

저런 여동생이 있다니 큰일이겠다고 자기도 모르게 아사바를 동정했으나, 그때 이후로 아사바뿐만 아니라 그의 여동생 가에데와도 옥신각신하게 되어 구리타로서는 큰일이었다.

본성이 단순한 오빠 아사바와 달리 가에데는 약점을 파고드는 지성파였다.

게다가 두 살 어린 여자애…… 그런 상대에게 진심으로 나설 수도 없으니 실질적으로 아사바보다 애를 먹었다.

그러나 역시 소년보다 소녀가 먼저 어른이 되는지 초등학교 고학년이 될 무렵에 가에데는 왈가닥을 졸업하고 공부에 전념했다.

오빠와 달리 본성이 성실했다. 가에데는 순식간에 학년 전체 1등으로 약진했고 그 무렵부터 머리를 기르고 테가 얇은 안경을 썼다. 분위기도 어른스러워졌다.

이제 구리타와 아사바의 싸움에 끼어들지도 않았다.

늘 그렇듯이 둘이 싸우는 도중에 가에데가 우연히 근처를 지난 적도 있었다.

그럴 때면 가에데는 반드시 안경테를 올리며 '나이를 몇 살이나 먹어도 어린애구나'라고 말하고 싶다는 듯이 미묘하게 쓴웃음을 지으며 아무렇지 않게 지나갔다. 기가 꺾인 구리타와 아사바는 자연스럽게 휴전했다.

가에데는 그런 식으로 싸움을 진정시킬 줄 아는 똑똑한 소녀로 성장했다.

오빠와 성격이 전혀 다른 아사바 가에데는 중학교는 물론이고 고등학교에서도 우수함을 아낌없이 발휘해 늘 학년에서 5등 안의 성적을 유지했다고 한다.

구리타의 부모님도 가에데가 앞으로 아사바 제작소의 발전에 큰 역할을 담당할 것이라 말했다. 그 정도로 이 근방에서 유명한 수재였다.

그래서 지금 그녀가 입원한 이유를 들은 구리타는 진심으로 놀랐다.

"농담이지……? 설마 가에데가."

가까스로 입에서 나온 말이 이것이었다. 다른 사람도 아니고 가에데가…….

그러나 아사바는 고뇌에 찬 표정으로 고개를 저었다.

"농담으로 이런 소릴 하겠어. 됐으니까 가주라, 구리타."

"……음."

하고 싶은 말은 많았으나 직접 만나서 확인하기 전까지 믿을 수 없었다.

그래서 일절 그것에 관해서 생각하지 않기로 하고, 병원으로 향하는 택시 안에서 구리타는 침묵으로 일관했다. 아오이와 아사바도 택시 안에서 계속 입을 다물고 있었다.

*

병원 정면 현관 앞에서 내려 엘리베이터를 타고 3층으로 갔다.

아사바는 간호사와 할 말이 있다고 해서 구리타와 아오이가 먼저 병실로 향했다.

개인 병실 문을 열자, 침대에 초췌한 얼굴을 한 가에데가 이불을 가슴까지 덮고 누워 있었다. 혈액순환이 안 좋은지 안색이 하얀 것을 넘어 새파랬고 뺨도 움푹 파였다.

가에데는 멍하니 천장을 올려다보며 문이 열려도 본 척도 안 했다.

"……가에데!"

구리타가 말을 걸자 가에데의 가냘픈 어깨가 순간 흔들리더니 입술 사이로 쉰 목소리가 흘러나왔다.

"구리타…… 군?"

구리타와 아오이는 침대로 달려갔다.

가에데는 힘없이 상반신을 일으켜 머리카락을 뒤로 넘기고, 침대 헤드보드에 등을 기댔다.

애용하는 안경을 쓰지 않아서인지 가에데의 눈동자는 몽롱했고 표정에도 생기가 없었다. 암울한 얼굴로 안면이 없는 아오이를 힐끔 봤지만, 마음에 여유가 없는지 아무것도 묻지 않았다.

"가에데, 괜찮아?"

"구리타 군…… 어떻게……."

초등학교 고학년 때부터 가에데는 구리타의 이름 뒤에 '군'을 붙여 불렀다. 두 살 차이가 났지만 둘 다 익숙해서 위화감이 없었다.

"어떻게라니, 당연히 문병하러 왔지. 아사바한테 들었어."

"오빠한테? 그럼…… 다 알아?"

"아아, 힘들었지."

그러자 가에데는 단정하고 창백한 얼굴을 괴롭게 일그러뜨리고 이불을 이마까지 덮었다.

"가에데? 왜 그래."

"……부끄러워."

"어?"

"부끄럽다고……. 창피하게 구리타 군까지 알게 되다니…….
나, 이제 못 살아……."

이불 너머로 웅얼웅얼 말하는 가에데를 앞에 두고 구리타는
옆에 선 아오이와 천천히 얼굴을 마주했다. 이렇게나 심각하
게 궁지에 몰렸을 줄이야…….

그때, 개인 병실 입구로 아사바가 쟁반을 들고 들어왔다.

"무슨 바보 같은 소리야, 가에데! 겨우 대입에 실패한 정도
로!"

의젓하게 말하며 아사바는 침대 옆 탁자에 쟁반을 놓았다.

쟁반에는 쌀밥, 된장국, 양념장을 뿌린 찜 두부, 톳 조림, 플
레인 오믈렛 등이 담긴 플라스틱 용기가 놓여 있었다.

"간호사 선생님한테 들었어. 또 안 먹었다며."

가에데는 조심조심 이불에서 고개를 내밀고 모깃소리처럼
말했다.

"미안……."

"사과하지 마. 그보다 전자레인지에 데워 왔어. 먹어."

"괜찮아……."

"괜찮긴. 먹으라고."

"그래도…… 또 토할 거야."

"노력해서 억지로라도 삼켜. 계속 안 먹었잖아? 목숨이 달렸

다고!"

"그렇지만……."

"두부만이라도 좋으니까. 응?"

아사바는 숟가락에 찜 두부 한 조각을 퍼 가에데의 얼굴 가까이 가져갔다.

가에데는 고개를 저으며 거부했으나 아사바도 필사적이었다. 그는 이를 악물고, 여동생의 입에 억지로 찜 두부를 넣고 씹으라고 재촉했다.

두세 번 씹더니 가에데가 갑자기 볼을 부풀리며 눈을 크게 떴다.

"……욱!"

그 직후 가에데는 얼굴을 찡그리고 몸을 앞으로 기울여 구역질을 했다.

씹어서 침이 섞인 찜 두부를 후두둑 이불 위에 뱉어냈다.

"……젠장……."

아사바가 신음처럼 분한 소리를 냈다. 아오이가 깨끗한 흰 손수건을 꺼내 서둘러 가에데의 토사물을 닦았다.

대입에 실패했다.

그것이 가에데가 입원한 원인이라고, 병원으로 향하기 전에 아사바가 설명했다.

처음에 구리타는 이해가 되지 않았다. 그것과 입원이 무슨 관계가 있지?

애초에 가에데는 이 근방에서도 유명한 수재. 지망하는 대학에 합격하는 것쯤이야 당연하다고 구리타를 포함한 모두가 생각했다.

"이해가 안 된다……. 요전에 가에데랑 길에서 만났을 때는 여유로워 보였는데? 모의고사에서 A 판정을 받았다고 자기가 그랬어. 그런데도 안 됐다고?"

"……안 됐어."

아사바의 괴로운 목소리가 구리마루당에 묘하게 또렷이 울렸다.

"지금 생각해보면 우리의 그런 태도가 문제였어……. 그 녀석, 머리가 좋고 어려서부터 성실했으니까. 너무 안심한 거지."

아사바는 예쁘장한 얇은 입술을 꾹 깨물었다.

"그게 악영향이었어. 수재로 보였지만 그 녀석, 사실 노력하는 타입이었거든. 매일 밤늦게까지 공부했고, 안 보이는 곳에서 장난 아니게 노력했어. 그런데 우리가 합격이 확실하다고 믿으면서 압박을 가했으니까."

"……그랬구나."

"나랑 마찬가지로 가에데도 기본적으로 허세가 강해. 그러니까 약한 소리를 하고 싶어도 못 하고……."

아사바의 말투에 씁쓸한 자조가 섞였다.

그때 아오이가 불쑥 말했다.

"다정한 분이네요."

"네?"

"아, 갑자기 죄송해요. 그러니까…… 만나본 적은 없지만 가에데 씨는 성실한 분이죠? 성실하니까 주변의 기대에 부응하려고 노력한 거잖아요? 대단해요. 본인이 힘들 때도 모두를 걱정시키지 않으려고 배려하다니, 여간해서는 그러지 못해요."

입술 끝을 악문 아사바를 바라보며 구리타도 고개를 끄덕였다.

"나도 그렇게 생각해."

"구리타……."

물론 성격은 빼놓더라도 계속 좋은 결과를 냈으니 수재인 것은 분명하다. 그리고 좋은 결과만 내왔기에 처음 겪는 좌절은 분명 충격이었으리라…….

구리타의 생각을 들은 아사바는 고개를 숙이고 말했다.

"그럴지도 몰라. 그렇게 자기도 모르는 사이에 스스로에게 가하는 부담이 커졌어. 불합격 소식을 들은 가에데가 얼마나 안쓰러웠는지 몰라. 정신적으로 큰 타격을 입어서 식욕도 없고 음식을 먹어도 물 이외에는 전부 토하고……."

가에데는 순식간에 쇠약해져서 걷는 것조차 불안해졌다.

어느 날, 유일하게 몸이 받아들이는 물을 마시려고 1층으로 비틀비틀 내려가던 도중에 가에데는 미끄러져 계단에서 낙하했다.

어머니가 다급하게 구급차를 불러 기절한 가에데를 병원으로 옮겼다.

"……검사 결과는 몸이 쇠약해졌을 뿐이지 심각한 이상은 없대. 다친 건 마음이라고. 의사 말로는 정신적인 요인에서 오는 식이장애래."

"거식증 같은 건가?"

"어쨌든 뭘 먹어도 토해. 체력이 약해졌으니까 당분간 입원하기로 했는데, 결국 심인성이니까 근본적인 해결은 본인과 주변인 말고는 불가능하대. 그래서 가족 모두 필사적으로 달랬는데……."

아사바는 말을 흐렸다. 결과가 기대에 못 미쳤나 보다.

그래서 나한테 온 건가. 구리타는 생각했다.

그야 가에데와는 초등학생 때부터 소꿉친구니까 가족 다음으로 친한 존재일지도 모른다.

"그럼 내가 가에데를 격려하면 되는 거지? 기운 차리고 밥

먹으라고."

"아아."

구리마루당에 침묵이 덮였다. 아사바가 분한 듯 눈을 치켜
떠 구리타를 보았다.

"……안 되겠나?"

"안 될 리가. 나는 너 따위야 아무래도 상관없지만 가에데는
상관없지 않으니까. 당장 병원으로 데려가."

"……은혜를 입는다."

"아사바 씨, 저도 가도 될까요? 뭔가 도움이 될지도 모르니
까요."

"물론이죠! 고맙습니다, 아오이 씨."

그렇게 세 사람은 택시를 잡아 가에데가 입원한 병원으로
향한 것인데…….

그런데 무슨 말로 힘을 주면 될까?

병실에는 거북한 공기가 흘렀다.

아오이가 토사물을 닦아준 뒤에 가에데는 힘없이 침대에 누
웠고, 구리타는 그 옆에서 머뭇거릴 뿐이었다.

가족의 말에도 반응하지 않았다면 어지간한 설득으로는 효
과가 없을 것이다. 애초에 말발이 좋은 편도 아니니 어떻게든

지금 감정을 진지하게 전달하는 수밖에.

침대 옆의 동그란 의자에 앉아 최대한 적당한 단어를 골라 말을 걸었다.

"어이, 가에데. 이번엔 안타까웠지만 너무 연연하지 마. 내년에 또 노력하면 되잖아. 너라면 다음에 더 잘할 수 있으니까."

가에데는 안경도 쓰지 않고 망연자실한 시선을 허공으로 던졌다.

"내년……."

그녀는 억양 없는 목소리로 중얼거렸다.

"그렇구나……. 나 재수생이 되는 거네."

"어? 아아."

"재수라니……. 부끄러워, 이제…… 밖에도 못 나가……."

이 세상의 종말이라도 온 것처럼 가에데가 얼굴을 감싸 구리타는 당황했다. 굳이 그렇게까지 생각하지 않아도…….

수재가 하는 생각은 이해되지 않았으나 안타까운 마음이 앞섰다.

"그런 소리 말고. 이 세상에 재수, 삼수하면서 노력하는 사람이 얼마나 많은데. 사소한 거에 신경 쓰지 말고."

"사소하지 않아……!"

가에데가 놀랍게도 격렬히 고개를 저었다.

"……다른 사람과는 사정이 전혀 달라. 나는 계속 공부만 해서 동아리 활동도 아르바이트도 전혀 안 했다고. 그런데 내가 대학에 떨어지고 다른 사람이 합격하다니……. 동네 사람들도 다 뒤에서 비웃을 거야……."

"안 비웃어!"

큰 소리로 외쳤다.

"아니, 여기 어디에 비웃을 요소가 있어. 아무도 안 비웃는다니까."

그런 놈이야말로 병원에 보내주겠다고 구리타는 생각했다.

"그래도…… 깔보는 것 같단 말이야. 머리로는 아닌 줄 아는데, 어느 순간 자연히 그런 생각이 들어서……. 억지 같지만."

"가에데……."

"그런 생각만 하다 보면 위장이 답답해서 식욕도 안 생겨."

가에데는 미간을 찌푸리고 우울하게 말했다.

"나는…… 아마 두 번 다시 일어서지 못할 거야."

"그럴 리 없어! 지금은 좀 약해졌을 뿐이야. 뭐든 먹어. 그러면 또 기운이 날 테니까."

"아무것도 먹기 싫어……. 먹지 못하겠어."

대화는 언제까지나 평행선이었다.

그 후에도 구리타는 어휘가 다 떨어질 때까지 설득하려고 노력했으나, 가에데는 자신의 인생은 끝났다며 한탄하고 슬퍼했다. 아사바와 아오이가 거들어도 효과가 없었다.

좌절을 모르는 수재에게는 그만큼 충격이 컸을 거라고 생각하면 안타깝지만, 한편으로 가에데가 재기하지 못할 리 없다는 믿음이 있었다.

이윽고 가에데가 힘없이 눈을 감았다.

"미안……. 피곤해."

"아, 미안해."

"조금 잘게."

지금 가에데에게는 자신을 돌아볼 시간이 필요한지도 모른다.

아사바의 재촉을 받아 구리타와 아오이는 조용히 병실을 나섰다.

*

아사바를 앞세우고 구리타와 아오이는 병원 복도를 묵묵히 걸었다.

모퉁이를 돌고 좀 더 걸어가 엘리베이터 앞까지 왔을 때, 아사바가 그제야 돌아보고 입을 열었다.

"어떤 상황인지 이제 알았지?"

"아아……."

"가슴이 아파요."

진지하게 고개를 끄덕이는 구리타와 아오이를 보며 아사바는 입술을 악물고 앞머리를 쓸어 넘겼다. 조금은 여유를 되찾은 것 같지만 역시 동요를 감추지 못했다.

"……이런 건 원래 시간이 해결해주겠지만. 지금 가에데한테는 시간이 없어. 봤지? 빼빼 말라서……. 빨리 어떻게든 하지 않으면 죽을지도 몰라."

아사바의 말에 구리타의 간담이 서늘해졌다.

부모님을 잃었을 때의 충격이 떠올랐다. 이 녀석에게는 절대 그 충격을 맛보게 하고 싶지 않았다.

무엇보다 가에데를 잃다니, 절대로 싫었다.

표정이 저절로 험악해졌는지 아오이가 등을 조심스럽게 건드렸다.

"구리타 씨, 괜찮아요. 여긴 병원이잖아요. 여차하면 링거도 있고, 그렇게 쉽게 위험해지지는 않아요."

"응……. 듣고 보니 그러네."

다정하게 웃는 아오이를 보며 구리타는 숨을 내쉬었다.

때때로 거동이 수상쩍어지지만 이쪽이 혼란스러울 때는 늘 적절한 조언을 해서 침착하게 진정시켜주는, 그녀는 그런 사람이었다.

"그래도…… 방심할 수 없는 상황인 건 맞아요."

눈을 내리깔고 아오이가 말했다. 구리타는 꽉 움켜쥔 주먹을 내려다보았다. 여긴 병원이다. 최종적으로 의지할 사람은 역시 의사뿐이겠지만 속이 탔다.

"젠장……. 나도 뭔가 할 수 있는 일이 있으면 좋겠는데."

"있어."

큰 의미 없는 중얼거림에 아사바가 재깍 반응을 보여서 구리타는 눈을 깜박였다.

"뭐야, 갑자기?"

"……만들어줬으면 하는 과자가 있어. 구리타, 사쿠라모찌*를 만들어주지 않을래?"

순간 멍해졌다. 왜 갑자기 사쿠라모찌?

머뭇거리자 아사바가 약간 주저하며 말했다.

"가에데는 사쿠라모찌를 정말 좋아해. 그것만은 뭐랄까…… 특별하거든. 아무리 식욕이 없어도 사쿠라모찌만은 반드시 먹을 거야."

"가에데가 사쿠라모찌를 좋아한다고……? 그런 소리 들은

* 밀가루 반죽에 팥소를 넣고 소금에 절인 벚나무 잎으로 싼 화과자.

적 없는데?"

오래 알고 지낸 만큼 가에데의 취향은 대충 안다. 오빠 아사바와 마찬가지로 굳이 따지면 양과자를 좋아한다. 이해할 수 없었다.

"······건방지게 굴지 마, 구리타. 아무리 소꿉친구라도 너한테 뭐든 다 말할 리가 있겠어? 가족이 아니면 모르는 것도 어마어마하게 있다고."

위화감 비슷한 무언가를 느꼈으나 깊이 생각하기 전에 흐려져서 사라졌다. 고개를 갸웃거리면서도 구리타는 동의했다.

"뭐······ 그야 그렇겠지만."

"이런 상황에 뭐라도 먹고 싶게끔 식욕을 자극하려면 역시 제일 좋아하는 음식을 들이미는 게 최고야. 사쿠라모찌라면 분명히 먹을 거고, 그러면 다른 것들도 먹고 싶어질 거야. 나는 그렇게 믿어."

아사바는 진지한 표정으로 구리타에게 한 걸음 다가왔다. 공기에 담담한 긴장감이 감돌았다.

"솔직히 말해서 나는 이 생각에 전부 걸었어······. 그러니까 구리타, 너를 여기까지 데려왔고."

"무슨 소리야?"

"만약 맛없는 사쿠라모찌를 먹어서 실패라도 해봐. 수습할 수 없잖아. 이건 어떤 의미에서 목숨이 걸린 단판 승부야. 난 말이다…… 이 세상에서 가장 맛있는 사쿠라모찌를 가에데에게 먹이고 싶어!"

구리타의 가슴이 뜨거워졌다. 아사바가 이렇게까지 여동생을 생각하고, 이렇게까지 자신을 믿어주다니…….

할 수 있는 일이 분명 있으리라. 구리타는 믿었다.

가에데의 웃음을 되찾아야 한다. 무슨 수를 써서라도.

"좋았어. 그렇다면 내가 가에데의 우울증을 날려줄 최고의 사쿠라모찌를 만들어주마."

"……윽! 실패하면 죽는다."

"누가 실패해."

그렇게 반쯤 허세처럼 대꾸하고 주먹과 주먹을 마주 대는 구리타와 아사바를 옆에 선 아오이가 황홀하게 바라보았다.

*

가에데의 상황이 절박한 이상, 놀고 있을 여유는 없었다.

즉각 아이디어를 짜내야 할 필요가 있다고 판단한 구리타와 아오이는 구리마루당으로 돌아오자마자 모두에게 사정을 설명하고 가게를 일찍 닫기로 했다.

다행인지 불행인지, 찻집에 손님이 없어서 원활하게 가게를 닫았다.

아직 날이 밝지만, 일찍 귀가 준비를 마친 나카노조와 시호를 가게 앞까지 배웅했다.

나카노조는 얼굴 앞에 손바닥을 갖다 대고 의미도 없이 경례했다.

"구리 씨, 아오이 씨. 제 힘이 필요할 때는…… 백 퍼센트 없겠지만…… 언제든 불러주세요!"

"자학적인 소리를 기운차게 하지 마. 필요할 때 부를게."

"로저. 그럼 먼저 갑니다!"

나카노조가 잽싸게 출발한 뒤, 시호도 부츠를 다 신고 밖으로 나갔다.

"나는 사쿠라모찌라면 일반인 수준 정도밖에 모르지만. 구리, 너라면 할 수 있어. 전력을 다해 맛있게 만들어!"

"……시끄러워. 말 안 해도 그럴 거야."

"아오이. 구리가 이렇게 대놓고 귀찮다는 태도로 툴툴거릴 때는 오히려 의욕이 가득하다는 소리니까 안심해."

"하하. 솔깃한 조언, 고맙습니다!"

"헛소리는 적당히 해, 시호 씨!"

"네네. 그럼 간다!"

둘에게 생긋 웃어 보이고 시호도 사라졌다.

그 후 구리타와 아오이는 구리마루당으로 들어가 조용해진 찻집에서 진한 커피를 마시며 구상을 시작했다.

구리타는 예전에 작성한 화과자 연구 노트를 읽으며 미간을 찌푸렸다.

될 수 있는 대로 빨리 최고의 사쿠라모찌를 만들어 가에데에게 힘을 주고 싶으나, 레시피를 복습하다 보니 차츰 중대한 문제를 깨달았다.

먼저 그 문제를 극복 가능한지 확인해야 할 텐데…….

"그나저나 이 타이밍에 사쿠라모찌를 만들게 되다니……. 삼짇날*은 벌써 끝났고 벚꽃 전선이 올라오기까지는 미묘하게 이르고."

"아직 꽃이 조금 핀 정도죠. 삼짇날 먹는 게 관습이지만, 연분홍색에 귀여운 사쿠라모찌는 만개한 왕벚나무 아래에서 먹어도 최고죠."

실제로 다음 달에 스미다 공원에서 벚꽃을 보며 먹는 사쿠

---

* 음력 3월 3일. 여자아이의 날로, 여자아이들의 무병장수와 행복을 기원하기 위해 인형을 장식하는 히나마쓰리라는 축제가 열린다. 이 시기에 사쿠라모찌도 먹는다.

라모찌는 맛있겠지, 하고 생각하던 구리타는 얼른 고개를 저어 집중력을 되찾았다.

지금은 가에데가 최우선이다.

상황에 따라서 가에데는 화창한 4월을 맞이하지 못할지도 모르니까.

원래 오늘은 난항을 겪는 구리마루당의 신상품 개발과 관련해 아오이에게 상담을 구할 예정이었다.

새로운 화과자 아이디어를 몇 가지 준비했으나, 이것도 저것도 지금은 아무래도 좋았다. 일단 모든 것을 머릿속에서 몰아내고 가에데를 위한 사쿠라모찌에 전념하기로 했다.

"사쿠라모찌라……."

조용히 중얼거리자, 아오이가 우아하게 커피를 한 모금 마시더니 구리타의 말을 이어받았다.

"봄이라는 느낌이 나죠, 그 외형을 보면. 이제 곧 구리마루당에도 귀여운 사쿠라모찌가 잔뜩 진열되겠죠……."

정경을 상상하는지 아오이가 눈을 가늘게 떴다. 구리타는 거칠게 뺨을 긁적였다.

"아니, 사실은 그게 그렇지 않아서."

"그렇지 않다는 말씀은?"

"우리 가게, 예전부터 사쿠라모찌는 다루지 않아."

"어라…… 어째서죠?"

의아하다는 듯이 아몬드 형태의 눈을 빛내는 아오이에게 구리타는 이유를 설명했다.

"대대로 이어지는 관례라서. 설명하려면 길어지는데…… 아니다. 아오이 씨라면 안 길어지겠는데? 무코우지마에 유명한 사쿠라모찌 가게가 있는데."

"무코우지마? 사쿠라모찌 가게……?"

"여기서 스미다 강을 건너면 바로 나와. 스미다 구 무코우지마에 있는 사찰 조메이지의……."

"아!"

그 순간 아오이가 눈을 동그랗게 떴다. 구리타가 말을 끝내기도 전에 전부 이해했나 보다.

"……네네네네네!"

네 한 번에 손뼉을 치며 고개를 끄덕이는 아오이는 독특한 행동을 하는데도 우아한 품격이 넘쳐서 구리타는 참 신기했다.

"원조 사쿠라모찌 가게죠! 그렇구나. 조메이지가 무코우지마에 있군요."

"어, 어어."

"무코우지마는 스미다 구에 있었네요. 옆에 스미다 강이 흐르는 스미다 구에."

"어디라고 생각했어, 아오이 씨?"

"왠지 바다에 떠 있는 섬 같은 이미지였어요. 물론 그럴 리가 없겠죠. 여담인데요, 스미다 구하고 스미다 강의 '스미다'라는 한자 표기가 다른 거, 단순하게 혼란을 유발하는 요소라고 생각해요."*

"……스미다 공원은 어떻게 쓰게?"

"스미다 강의 옆이니까…… 스미다 강의 스미다?"

"정답."

"맞았다! 아니, 얘기가 많이 일탈했는데…… 어쨌든 이유는 알았어요. 원조 사쿠라모찌 가게가 바로 근처에 있는데 재탕을 하면 멋이 없다고 생각하신 거죠? 그래서 구리마루당에는 사쿠라모찌가 없는 거고요?"

"대단한데."

구리타는 수긍했다. 화과자에 관한 아오이의 지식은 여전히 프로급이었다.

조메이지라는 단어에 즉각 반응하는 그녀라면 당연히 다음 정보도 알 것이다.

사쿠라모찌에는 두 종류가 있다.

* 스미다 구의 스미다는 '墨田', 스미다 강의 스미다는 '隅田'로 쓴다.

간토풍과 간사이풍, 정확히는 조메이지 사쿠라모찌와 도묘지 사쿠라모찌.

사쿠라모찌라는 이름이 나타내는 화과자는 간토 지역과 간사이 지역에서 서로 다르다.

간토의 사쿠라모찌인 조메이지 사쿠라모찌는 밀가루로 반죽을 만든다. 얇게 구운 피로 크레이프처럼 팥소를 감싸 벚나무 잎을 두른다.

간사이의 사쿠라모찌인 도묘지 사쿠라모찌는 찐 찹쌀을 말린 식품인 도묘지 가루로 반죽을 만든다. 쪄서 만든 깔깔한 떡반죽으로 만주처럼 팥소를 감싸 벚나무 잎을 두른다.

이름은 같은 사쿠라모찌라도 둘은 비슷하면서 다르다.

지금 화제에 오른 것은 간토풍 사쿠라모찌의 발상지인 조메이지 근처의 가게.

장소는 무코우지마니까 아사쿠사 구리마루당에서 충분히 걸어서 갈 수 있는 거리에 있다.

"재탕을 피하기 위해선지 아닌지 솔직히 몰라. 우리 아버지 대에 이미 구리마루당에서는 사쿠라모찌를 만들지 않았어. 할아버지나, 아니면 초대인 증조할아버지가 단순한 변덕으로 정했을지도 모르지만……. 뭐, 지금은 수수께끼야."

"으음, 변덕설은 아무리 그래도 아니겠죠."

아오이가 난감한 듯이 눈썹을 늘어뜨리며 웃었다.

"그래도 벚꽃 계절에 사쿠라모찌를 팔면 단순히 기쁘긴 해요."

"그렇지. 보기에도 화려하고."

"주제넘은 제안인지 모르겠는데, 구리타 씨한테 명확한 이유가 없다면 사쿠라모찌를 가게에 진열해도 좋다고 생각해요."

"엇…… 어째서?"

"사쿠라모찌의 맛에도 다양한 종류가 있잖아요. 구리마루당 나름대로 연구해서 원조와는 또 다른…… 예를 들어 신상품으로 제시하는 것도 가능하지 않을까요?"

"신상품."

예상치 못한 발상이었다.

지금까지 내지 않았던 상품을 내는 것도 어떤 의미에서 신상품이다.

벚꽃이 피는 계절, 가게에 사쿠라모찌가 있다면 분명히 기쁠 것이다. 이제껏 미묘하게 딱 와 닿지 않았던 완전 오리지널 화과자보다 현실적이고, 꽃놀이 손님도 좋아할 만한 묘안이었다.

한번 숙고해볼 여지가 있다고 구리타는 생각했다.

그러나 지금은 신상품보다 가에데가 좋아할 사쿠라모찌를

만드는 것이 제일 중요했다.

도쿄의 변두리 동네 출신인 가에데를 위해서 만든다면 당연히 간토풍 사쿠라모찌로, 그러기 위해 먼저 해결해야 할 문제가 있다.

"아오이 씨, 잠깐 밖을 좀 걸을까?"

"기분 전환에는 역시 산책이죠. 어디 가게요?"

"무코우지마."

"아, 과연."

"그 가게의 사쿠라모찌로 확인하고 싶은 게 하나 있어."

괜한 걱정이라면 좋겠다고 생각하며 구리타는 입을 살짝 다물었다. 가에데에게 최고의 사쿠라모찌를 만들어줄 수 있을지는 현재 그것에 달렸다.

*

아사쿠사에서 자란 구리타에게 이 일대는 앞마당이나 다름없다.

아오이를 데리고 구리마루당을 나와 센소지 뒤로 돌아갔다. 고토토이 거리를 지나 오후 햇빛에 찬란하게 반짝이는 스미다 강을 바라보며 고토토이 다리를 건넜다.

고토토이 다리와 고토토이 거리라는 이름은 헤이안 시대*의 시인 아리와라노 나리히라가 읊은 시에서 따왔다.

좌천당해 수도에서 쫓겨난 나리히라가 당시 벽지 습지대였던 이 땅에서 연인을 그리워하며 읊은 와카**.

'그 이름을 지니고 있다면 물어보겠느니. 수도의 새야. 내 그리운 사람은 잘 지내는고.'

이 '물어보겠느니'의 '고토토이(言問)'가 스미다 강 동쪽 옛 지대의 유래로, 지금도 다리와 거리의 명칭 안에서 숨 쉬고 있다.

나란히 걷는 아오이에게 설명하던 중에 구리타는 문득 떠올라서 덧붙였다.

"아, 이 와카의 의미는 교토에 있는 연인이 건강하게 지내는지 수도의 새에게 물어보자…… 라는 뉘앙스래. 여기에서 수도의 새는 붉은부리갈매기라고 해."

아오이는 한동안 말없이 구리타를 응시했다.

"왜, 왜 그래?"

"……대단해요! 구리타 씨, 척척박사!"

---

* 794년부터 1185년까지 헤이안쿄에 수도가 있던 시기.
** 31음을 정형으로 하는 일본 고유의 노래. 일본의 사계절이나 남녀의 사랑이 주요 노래 소재이다. 넓게는 중국의 한시와 대조한 일본의 시를 지칭하기도 한다.

"으응? 뭐야, 갑자기 흥분을 하고 그래?"

"그게요, 화과자만이 아니라 와카에도 정통하실 줄 몰랐거든요. 전직 불량배에 현역 화과자 장인에, 게다가…… 시인? 저, 구리타 씨를 보는 눈이 바뀌었어요!"

"아니야……. 시인, 절대 아니라고. 아사쿠사 안내를 자주 부탁받으니까 그냥 조사하다가 암기한 것뿐이야."

"아, 그런가요? 그래도 친절한 구리타 씨다워요."

"아니…… 나 딱히 친절하지 않으니까."

민망해진 구리타는 무뚝뚝하게 얼버무렸으나, 아오이는 환하게 웃으며 기뻐했다.

"아아, 그래도 정말 도움이 됐어요. 고토토이가 대체 뭔지 예전부터 순수하게 의문이었거든요. 이번에 장소와 유래를 알아서 속이 다 시원해요."

"응? 아오이 씨, 고토토이에 왜 그렇게 흥미가……."

"사실은요. 전에 그 이름이 붙은 경단을 먹은 적이 있어서."

"아……. 혹시 그거?"

"딩동댕, 고토토이 경단요."

"그거 유명하지. 사전에도 실렸고."

고토토이 경단은 이 근처에서 파는 명물 과자로, 에도 말기에 만들어졌다.

팥소, 흰떡소, 된장소의 세 종류가 있고, 고다 로한*이나 다케히사 유메지**를 비롯한 여러 문화인이 좋아했다고 한다.

"전에 아버지가 사다 주셔서 고토토이 경단을 먹은 적이 있어요. 지금도 그 맛을 선명히 기억하는데, 그와 관련한 다른 정보는 가르쳐주지 않으셨어요. 지금 이름의 유래와 장소의 지식이 연결된 덕분에 기억이 더 강화됐어요!"

"그렇군."

아오이는 화과자 재료를 알아맞히거나 오감, 즉 단맛, 신맛, 짠맛, 쓴맛, 감칠맛의 균형을 기억하는 특별한 재능의 소유자였다.

그 재능을 갈고닦기 위해서인지 예전부터 다양한 명과를 먹은 것 같은데, 가게 장소와 같은 지리적인 정보는 생각보다 부족했다.

"그럼 조메이지 사쿠라모찌도 먹어본 적 있어?"

"아주 예전이지만요."

자신은 맛을 완벽하게 기억하지 못해 지금 확인하러 가지만, 아오이는 당연히 기억하고 있으리라고 생각하며 구리타는

---

* 고다 로한(1867~1947). 도쿄 출신의 소설가이자 중국철학자, 문예평론가.

** 다케히사 유메지(1884~1934). 오카야마 출신의 화가이자 시인.

물었다.

"가게 장소는?"

"그건…… 사실 몰라요."

아오이는 긴 속눈썹을 내리깔고 민망해하며 혀를 내밀었다.

"왠지 저, 머리만 굵직한 것 같아서 부끄럽네요. 이번 기회에 꼭 가르쳐주세요."

"알았어. 뭐, 머리는 그다지 굵직하지 않으니까 안심해."

"지금 건 비유였어요."

그런 잡담을 나누며 고토토이 다리를 건너 앞의 교차점을 왼쪽으로 꺾어서 겐반 거리로 들어갔다.

좁은 길을 직진해 고우메 초등학교 앞을 지나자 자그마한 도리이*가 보였다.

"구리타 씨, 저건 뭐죠?"

"미메구리 신사. 경내에 사자상이 있어."

"사, 사자……?"

호기심의 정곡이 찔렸는지 아오이가 갑자기 안절부절못하기 시작했다.

"저기, 이런 상황에 죄송한데요, 구리타 씨…… 잠깐 들러도

---

* 일본 신사의 입구에 세우는 두 기둥의 문.

괜찮을까요?"

"좋아. 가자."

둘은 도리이를 지났다.

미메구리 신사는 우가노미타마노미코토, 즉 곡물의 신인 이나리 신을 모신 신사로 미쓰이 재벌을 형성한 미쓰이 일가에도 시대 때 수호 신사로 정한 것으로 유명하다.

무코우지마가 미쓰이 본거지의 귀문(北東)에 해당하는 방향에 있다는 점. 이에 더해 미메구리(三囲)의 '위(囲)'에 미쓰이(三井)에 쓰는 '정(井)'이 들어 있어서 미쓰이를 수호한다고 여긴 것이 이유라고 한다.

사자상은 폐점한 미쓰코시 백화점 이케부쿠로 지점이 기부한 것으로, 신사 쪽에서 이설을 희망했다. 미쓰코시와 미쓰이는 발상에 깊은 인연이 있어서 이렇게 실현되었다고 한다.

구리타의 그런 설명도 귀에 들어오지 않는지, 기쁨에 찬 아오이의 목소리가 경내에 울려 퍼졌다.

"아아, 사자, 기분 좋아."

"어이어이……."

도리이를 지난 둘은 미메구리 신사 경내에 들어와 있었다.

아오이는 웃음꽃을 피우고 사자상 주변을 돌며 쓰다듬었다. 다른 참배객이 없기에 거리낌이 없었다.

"설마 신사에서 사자와 만날 줄은 몰랐어요."

"……아오이 씨, 동물 좋아해?"

"좋아하죠. 특히 사자는 용맹함과 귀여움을 겸비해서 왠지 마음이 끌린다고 할까요. 뭐랄까, 일종의 개구쟁이 꼬맹이 같은?"

"개구쟁이 꼬맹이……?"

이해가 안 돼서 구리타는 뺨을 긁적였다.

"자아, 사자상을 예뻐하는 건 이쯤 하고…… 구리타 씨. 모처럼 여기까지 왔으니 참배하지 않을래요? 가에데 씨가 건강해지시도록."

"아, 그럴까."

둘은 새전을 넣고 종을 울렸다.

딱히 신이나 부처를 믿지 않는 구리타지만 이번만큼은 진지하게 합장했다. 자신이 가에데를 도울 수 있길 바라면서.

기도를 마친 아오이가 조용히 숨을 쉬고 구리타를 바라보았다.

"그럼 슬슬 갈까요. 너무 느긋해도 안 되니까."

구리타는 가볍게 고개를 끄덕였다. 여기서부터 목적한 가게까지는 금방이다. 빨리 가서 확인하고 싶다…….

둘은 서둘러 미메구리 신사를 나왔다.

*

조메이지 사쿠라모찌는 에도 시대 중기 야마모토 신로쿠라는 조메이지 절의 문지기가 스미다 강둑에 핀 벚나무 잎을 사용해 만든 것이 기원이다. 조메이지 문 앞에서 팔아 꽃놀이 손님들에게 인기를 끌었다.

이전에 문제가 됐던 가미나리오꼬시와 마찬가지로 명소와 연관한 덕분에 폭발적으로 보급되었다는 점에서 일종의 아이디어 상품이다. 벚나무 잎을 사용한 과자를 벚꽃 놀이하면서 먹는다는 점에 도쿄 토박이들이 정취를 느꼈는지도 모른다.

그런 생각을 하며 구리타는 유치원생들이 천진난만하게 노는 모습을 멍하니 바라보았다.

한가로운 광경이 펼쳐진 이곳은 조메이지의 좁은 경내.

목적한 가게에서 사쿠라모찌를 먹은 구리타와 아오이는 생각에 푹 잠긴 채 주변을 걷다가 자연히 이곳에 도착했다.

문을 지나자마자 바로 유치원이 나와서 아오이는 당황한 모양인데, 안으로 들어가니 제대로 절이 나왔다. 지금 아오이는 조메이지 본당에서 합장하고 있다. 이상하게 조금 전부터 신에게 빌고 부처에게 비는 연속이다.

걱정스러운 표정으로 돌아온 아오이에게 구리타가 물었다.

"꽤 오래 걸렸네. 뭘 빌었어?"

"그야 당연히 구리타 씨가 좋은 아이디어를 떠올리기 바란다고요."

"오, 생큐……. 그런데 내 기도를 해서 어쩌려고?"

"아, 저, 자기 일은 스스로 해결하고 싶거든요. 기본적으로 제가 어떻게 할 수 없는 다른 사람의 일만 기도해요."

"헤에……."

다정하면서도 의외로 이성적인 아오이다운 사고방식이었다. 구리타는 머리를 흔들어 마음을 다잡았다.

"어쨌든 지금은 그거야. 어떻게든 대용품을 찾아야지."

……염려했던 예감이 들어맞았다.

조메이지 사쿠라모찌는 몇 번 먹은 적이 있는데, 지금 확인해서 명확히 이해했다.

사쿠라모찌를 싸는 벚나무 잎 소금 절임. 그것은 단기간에 만들 수 없다.

지금 자신이라면 최고급 재료를 사용해 최선을 다하면 가에데를 만족하게 해줄 사쿠라모찌를 만들 수 있다고 믿었던 만큼 충격이 컸다.

벚나무 잎은 오랜 시간 소금 절임을 해서 바닐라와 비슷한 특유의 향을 자아내는데, 아오이의 설명에 따르면, 그것은 생

벚나무 잎에 존재하지 않는 쿠마린이라는 천연 향 성분이 만들어지기 때문이라고 한다.

소금 때문에 잎 세포가 망가져 내부의 쿠마린 배당체가 분해되면서 만들어진다.

그 쿠마린의 상큼한 향미와 벚나무 잎의 소금기가 떡 반죽에 스며들어 안을 채운 팥소의 단맛을 끌어내기에 맛이 좋다.

지금부터 벚나무 잎을 소금 절임해서는 그 효과를 재현하기가 현실적으로 절대 불가능했다.

그건 적어도 반년은 절여야 하니까.

뭔가 다른 방법, 아니면 다른 식재료로 대용해야 한다.

"그렇지만…… 어떻게 해야 하지."

구리타는 머리를 싸맸다. 가에데에게 시간이 없는 것이 큰 약점이었다.

아오이에게도 물어봤지만, 아무리 그녀라도 묘안이 없었다.

"……어렵네요. 쿠마린을 함유한 식재료 자체는 감귤류나 파슬리처럼 다양하게 있는데……. 역시 사쿠라모찌는 벚나무 잎으로 싸니까 좋은 거잖아요? 이번에는 전부 직접 만들려고 하지 말고, 아까 가게에 가서 소금 절임한 벚나무 잎을 나눠달라고 하면 어떨까요. 사정을 설명하면 분명……."

구리타는 천천히 고개를 저었다.

"……고집을 부리겠다는 건 아니야."

"구리타 씨?"

어금니를 살짝 악물고 구리타가 말했다.

"뭐랄까, 말로는 잘 표현을 못 하겠는데, 벚나무 잎만 받느니 사쿠라모찌를 통째로 받는 게 차라리 나아. 사쿠라모찌를 사쿠라모찌답게 하는 부분이 벚나무 잎이잖아. 그걸 남한테 의지해놓고서 내가 전부 만들었다고 으스대며 가에데한테 내놓을 수 없어. 화과자 장인으로서도, 가에데의 소꿉친구로서도."

아오이는 눈을 동그랗게 떴다.

"그건……. 이해했어요."

"미안. 나도 그럴 상황이 아닌 건 아는데."

"아니요, 그래야 구리타 씨니까요."

딱 부러지는 말에 구리타는 쓴웃음을 지었다. 꼬장꼬장한 성격이라고 생각할 것이 분명했다.

그러나 이건 기분상의 문제였다. 믿고 의지해준 아사바 남매의 마음에 응하고 싶고, 순리적으로도 옳았으면 좋겠다. 시간이 한정적이지만 조금만 더 자력으로…….

그런 생각에 잠겨 구리타는 아오이와 함께 묵묵히 귀로에 올랐다.

벌써 저녁이어서 스미다 강의 수면이 붉은 기를 띤 황금색으로 빛났다.

에도 거리를 지나 아사쿠사 역에 도착했을 무렵에는 주변이 어슴푸레했다.

개찰구 앞에서 아오이를 배웅하며 구리타는 말했다.

"……아직 어떻게 할지 모르겠는데 일단 하룻밤 생각해볼게. 오늘은 여기저기 끌고 다녀서 미안해."

"아니요, 아주 즐거웠어요. 구리타 씨, 오늘 고마웠어요. 벚나무 잎은 저도 집에서 생각해볼게요."

아오이는 개찰구를 지나 뒤를 돌아보고 손을 흔들면서 웃더니, 산들바람처럼 역 안으로 사라졌다.

*

새벽 3시를 지난 시각이었다.

구리타는 한밤중의 작업장에서 혼자 볼에 시라타마고*와 물을 솜씨 좋게 섞고 있었다.

아오이가 돌아간 뒤, 벚나무 잎 소금 절임의 대체 방안을 열심히 생각했으나, 좋은 생각이 떠오르지 않았다. 자꾸만 머리

---

* 찹쌀가루를 물에 담가 하얗게 만들고 말려 빻은 것.

가 뜨거워지고 잠이 쏟아지고 몽롱해져서 기분 전환 겸 다른 과정을 시험해보기로 했다.

느릿느릿 작업을 시작하자, 짙은 안갯속에 빠졌던 기분이 밝아지고 몸도 가벼워졌다. 역시 손을 움직이는 쪽이 성질에 맞다.

"아, 색은 어쩌지."

잠깐 망설이다가 녹은 시라타마고에 홍색 식용 물감을 소량 넣어보았다.

볼 내용물이 우아한 연분홍색으로 물들어 아름다워졌다.

식용 물감은 원래 맛과는 무관하다. 실제로 원조 사쿠라모찌 반죽은 하얀데, 가에데에게는 역시 그녀와 잘 어울리는 가련한 색의 사쿠라모찌를 먹이고 싶었다.

체로 친 밀가루와 설탕을 넣어 엉기지 않도록 다시 정성껏 섞자, 곧 매끄럽고 수분량이 딱 좋은 반죽이 완성되었다.

적당한 묽기와 점성이 생겨서 배합 정도가 완벽했다. 구워보기로 했다.

기름 천으로 닦은 뜨거운 프라이팬에 반죽을 흘려 타원형으로 얇게 펼쳤다.

표면이 익은 시점에 뒤집어 뒷면도 굽자, 순식간에 아름다운 벚꽃색 피가 만들어졌다. 식기를 기다렸다가 이걸로 팥소를 감싸면 끝이다.

　팥소는 아오이와 처음 만났을 때 재검토한 덕분에 지금은 통팥소는 물론이고 으깬 팥소 또한 단골손님의 인정을 받은 맛이니 전혀 문제없었다.

　이제 벚나무 잎 소금 절임을 어떻게 할지에 대한 아이디어만 떠올리면 되는데……

　역시 이것이 최대 난관이었다.

　고민을 시작하자 또 출구 없는 생각의 미로에 빠져 헤매다가, 구리타는 어느덧 과거를 회상하기 시작했다.

　구리타가 고등학교 1학년일 무렵.

　불량배들의 집회에서 돌아오던 길, 집으로 가려고 나카미세 거리를 걷던 도중에 갑자기 누가 말을 걸었다.

　"……구리타 군!"

　"응?"

　나카미세 거리의 가게는 폐점하고 내리는 셔터에 아사쿠사 풍물을 표현한 벽화가 그려져 있다. 그것을 구경하며 걸었기에 뒤늦게 깨달았다

　"뭐야, 가에데잖아. 오랜만이다."

　"으응……. 오랜만이야."

눈앞에 선 그때의 가에데는 중학교 2학년. 교복을 입고 학교 가방을 메고 있었다.

어깨까지 오는 머리를 뒤로 넘기고 수줍게 웃는 그녀는 테가 얇은 안경을 썼고 말투도 차분해서 나이보다 어른스러워 보였다.

처음 만났을 때, 사내아이 같은 말투를 쓰며 덤비던 소녀는 이제 없었다.

오빠 아사바와 마찬가지로 어려서부터 단정한 용모였는데, 최근 들어 번데기가 나비로 변하는 것처럼 점점 더 예뻐졌다.

감회가 깊으면서도 왠지 마음이 싱숭생숭해서 구리타는 퉁명스러운 태도를 보였다.

"뭐야, 밤늦게까지 놀러 다니지 마. 냉큼 집에 가서 씻고 자."

그러자 가에데는 섭섭하다는 듯이 뺨을 부풀렸다.

"……놀러 다닌 거 아니야. 학원에서 공부. 너무 집중하다가 늦어졌어."

"아, 그랬냐. 여전히 성실하네."

"물론이지."

"긍정하지 마. 뭐, 그야 오빠랑 비교하면 무지막지하게 착실한 거지만. 가에데라면 아사바 제작소를 척척 꾸려나갈 거야."

"……음."

가에데는 턱을 당기고 조금 어설프게 안경을 올렸다.

"그, 그보다 구리타 군. 또 우리 오빠랑 싸웠지?"

"음, 뭐. 별로 싸울 마음은 없었는데 녀석이 징그럽게 달라붙으니까 어쩔 수 없이……."

어제, 우연히 만난 아사바와 말다툼한 끝에 가볍게 주먹을 주고받고 말았다.

"오늘 아침에 오빠, 얼굴에 커다란 반창고 붙였더라."

"……미안."

"아니야, 괜찮아."

뜻밖에도 가에데는 진지한 표정으로 고개를 저었다.

"늘 고마워, 구리타 군."

"어, 어이……. 가에데?"

예상을 벗어난 말에 구리타는 당황했다.

"뭐야, 그건 좀 너무하지 않아? 뭐, 집에서 오빠의 형편없는 꼴을 맨날 보다 보면 질리기도 하겠지만."

"그런 소리가 아니야. 나는 순수하게 고맙다고 말하고 싶어."

"어?"

가에데는 가는 손가락으로 머리카락을 뒤로 넘기며 말했다.

"우리 오빠, 싸움을 잘한다고 으스대지만 성격이 그렇잖아? 고독한 늑대라고 떠들어대지만, 실제로는 그냥 인망이 없을 뿐이야. 사실은 불량배 동료가 없어서 외롭겠지. 그러니까 구리타 군이 상대를 해줘서 속으로 기뻐할 거야."

"그런 얘긴가……. 수재의 분석은 혹독하네."

"이제 와서 말을 꾸미고 자시고도 없잖아. 이렇게 쪼그맸을 때부터 알고 지냈는데."

가에데는 손바닥을 명치 부근까지 올려 어린 시절의 키를 표현하더니, 쿡쿡 웃으며 장난스럽게 말했다.

"구리타 군은 또 한 명의 오빠 같은 존재니까. 큰일이라고. 부족한 오빠가 둘이나 있어서."

"어, 어어."

"앞으로도 우리 오빠를 잘 상대해줘."

변두리 동네에서 함께 자란 연대감을 풍기며 그렇게 말한 가에데는 가볍게 인사하고 잰걸음으로 밤의 나카미세 거리를 달려갔다…….

"……그랬지."

회상에서 현실로 돌아온 구리타는 나직하게 중얼거렸다.

가에데는 불량배와 인연이 없는 성실한 수재였지만, 절대 구리타와 거리를 두지 않았다. 오히려 늘 구리타와 오빠 아사바를 여러모로 신경 썼다.

추억 속의 그녀는 어른스럽고 새치름했지만, 정이 두텁고 오빠를 사랑하는 소녀였다. 반드시 도와주고 싶다.

"으음!"

구리타는 양손으로 뺨을 세게 쳐 기합을 넣었다.

시각은 4시, 아직 아침까지 시간이 남았다.

그 후로 구리타는 창밖이 밝아질 때까지 시행착오를 거치며 사쿠라모찌를 만들고 벚나무 잎의 대체 방안을 고심했다.

6시 전에 갑자기 뒷문을 두드리는 소리에 정신을 차렸다.

벌써 나카노조가 출근할 시간인가. 구리타는 손등으로 얼굴을 비비며 일어났다.

결국 묘안을 떠올리지 못한 채로 작업장에서 아침을 맞았다. 마음은 초조한데 몸은 납덩이처럼 무거웠다.

잠이 부족해서 노크 소리가 평소보다 크게 들렸다.

"……시끄러워. 지금 연다고."

기분이 상해서 문을 연 구리타는 그야말로 펄쩍 뛸 뻔했다.

머릿속에 물음표가 교차했다. 대체 왜?

활짝 연 뒷문 앞에 얇은 케이프 코트를 입은 아오이가 서 있었다.

놀라움이 채 가시기도 전에 아오이가 예상을 벗어난 제안을 했다.

"구리타 씨, 이즈에 가요!"

"어......?"

갑작스러운 제안에 구리타는 넋을 잃었는데, 아오이는 주저
하지 않고 잔뜩 흥분해 재잘거렸다.

"죄송해요, 아침이라 좀 흥분했어요. 그래도 저도 가에데 씨
와 구리타 씨를 위해서 필사적으로 고민했어요. 이제 이 방법
말고는 없는 것 같아서······. 물론 아사바 씨한테도 연락했어
요. 지금 오가는 차편을 준비해주신대요!"

뭐가 뭔지 모르겠는데 터무니없는 일이 벌어지려고 한다.
구리타도 그것만큼은 또렷하게 인식했다.

*

도쿄와 나고야를 잇는 도메이고속도로를 새까만 세단이 쏜
살같이 내달렸다.

운전석에는 약간 날이 선 눈빛의 아사바가 핸들을 잡았고,
뒷좌석에 앉은 구리타와 아오이는 경직된 표정으로 진땀을 흘
리고 있었다.

"소, 속도 줄여, 아사바! 어, 아주 조금이라도 좋으니까!"

"뭐라고? 구리타, 겨우 이 정도에 약한 소리나 하는 사람이었어?"

"약한 소리가 아니야! 단순히 네 운전이 위험한 거라고. 아니, 앞에 봐, 앞에!"

"그래그래…….. 아오이 씨 상태는 어때요?"

"파, 팔팔해요. 그래도 아사바 씨, 가능하면 조금만 안전 운전을…….."

"미안. 여동생 목숨이 걸렸으니 그럴 수가 없어요. 그래도 나, 사고 낸 적은 없으니까 안심해. 하나야시키* 롤러코스터를 탔다고 생각하면 되니까."

"그거 완전 스릴 넘치는 놀이기구잖아요!"

아사바가 아버지에게 부탁해 빌린 차를 타고, 현재 셋은 이즈로 가고 있었다. 수도고속도로를 빠져 나와 지금은 도메이 고속도로를 달리는 중이다. 막히지만 않으면 몇 시간 안에 도착할 것이다.

이즈에 가면 최고급 벚나무 잎 소금 절임을 손에 넣을 수 있다.

그런데 어째서 이즈?

조금 전, 구리마루당을 방문한 아오이가 흥분해서 이렇게

---

* 아사쿠사에 있는 일본에서 가장 오래된 유원지.

말했기 때문이다.

"저 나름대로 계속 대체 방안을 생각했는데요, 역시 사쿠라
모찌에 벚나무 잎 소금 절임은 필수라고 생각해요. 모양도 그
렇고 향기도 그렇고."

"아아…… 그렇지."

아오이의 흥분에 반쯤 기죽은 형태로 구리타는 수긍했다.
역시 벚나무 잎을 대신할 것은 없다.

"그래도 다른 가게에서 받는 것으로는 가에데 씨의 마음에
응답하지 못한다, 이렇게 생각하는 구리타 씨의 마음도 이해
해요. 그렇다면!"

"그렇다면?"

"입수 경로를 거슬러 올라가서, 생산지에서 제일 좋은 잎을
우리 힘으로 손에 넣는 거죠."

구리타는 허를 찔려 굳어졌다.

"……가게에서 만드는 게 아니었어?"

"사실은요, 화과자 가게에서 만드는 사쿠라모찌에 사용하는
벚나무 잎의 70퍼센트는 이즈 반도의 마쓰자키초라는 곳에서
만들어요. 아는 사람은 아는 일본 제일의 산지거든요. 다양한
가게에서 다양한 사쿠라모찌를 팔지만, 잎은 대부분 이즈에서

만들어진답니다."

처음 듣는 사실에 구리타는 놀라움을 감추지 못했다.

"그랬어?"

"늦게 말해서 죄송해요. 저도 처음에는 다른 걸로 대용하는 방향을 생각했거든요. 역시 이즈까지 가는 건 큰일이고……."

"뭐, 그야 절대 쉽진 않겠지만."

그때 갑자기 가게 앞에 차가 멈추는 소리가 들리더니 아사바가 달려왔다.

"간신히 차를 빌렸어. 꾸물거리지 말고 둘 다 빨리 타!"

"오, 오오!"

그렇게 셋은 차에 타자마자 시즈오카 현 이즈 반도의 마쓰자키초로 향했다…….

아사바의 폭주하는 차에서 흔들리기를 약 세 시간.

이즈 반도에 도착해 도심보다 교통량이 현저히 적어 쾌적한 현 도로를 달리는데, 갑자기 옆에 앉은 아오이가 구리타의 팔을 손가락으로 찔렀다.

"왜?"

"구리타 씨, 저거 보세요."

아오이가 가리킨 차창 너머 일대에 밭이 펼쳐졌다. 작고 가느다란 나무 비슷한 식물이 연속적이고 규칙적으로 자랐다.

그런데 무슨 식물일까. 높이는 1미터에 못 미치는데 그렇다고 채소로 보이진 않았다.

"저게 벚나무밭이에요. 전부 오시마벚나무죠."

아오이의 말에 구리타는 놀라 눈을 크게 떴다.

"저게……? 그런데 벚나무치고는 작은데."

"잎 채집이 목적인 줄기용 묘목이니까요. 소금 절임에 쓰는 잎은 출하 기준에 맞는지 확인해서 한 장씩 수작업으로 따니까 사람의 키보다 낮아야 하거든요. 추울 때 한 번 가지치기해서 아직 잎이 무성하지 않은데, 이제부터 새순이 왕성하게 자랄 테니까 이 주변 일대가 녹색으로 바뀔 거예요."

"헤에……."

화과자의 세계는 넓다. 자신은 아직 모르는 것이 산더미처럼 많다고 생각하며 구리타가 한숨을 내쉬자, 아오이가 허둥거리며 말했다.

"물론 저는 어쩌다 보니 인연이 있어서 알 뿐이지만요."

"아니, 그래도 알고 있다니 대단해. 정말 감탄했어."

결단코 생무지가 아니다. 대체 아오이의 정체는 뭘까…… 하고 생각했을 때, 운전석의 아사바가 뒤를 돌아보았다.

"그런데 아오이 씨, 목적지는 아직인가……?"

장시간 운전으로 아사바의 얼굴에 피로감이 엿보였다. 근처까지 와서 내비게이션 안내는 이미 끝났다.

"일일이 뒤돌아보지 마! 백미러가 왜 있겠어."

"어어…… 길은 이대로 직진이에요."

주변 경치를 둘러보며 아오이가 대답했다. 그녀의 지인이 미소노 상점이라는 벚나무 잎 절임 공장을 운영한다고 해서 지금 그곳으로 가는 중이었다.

곧 길 끝에 '벚나무 잎 절임 공장, 미소노 상점 주식회사'라고 적힌 간판이 보였다.

"아! 저거 아니야?"

"저거예요! 아사바 씨, 조금만 더 힘내요."

"오케이……!"

아사바가 힘차게 고개를 끄덕이고 액셀을 밟았다.

*

이름은 미소노 상점이지만, 일반적인 가게가 아니라 이른바 그 고장 고유의 산업체.

즉 토지의 특산품을 가공해 업무용으로 대량 판매하는 회사였다.

부지에는 사무소로 보이는 작은 건물과 낡고 거대한 공장이 두 동 있었다. 그 뒤로는 일대에 벚나무밭이 펼쳐졌다.

주차장에 차를 세우고 구리타와 아사바는 아오이의 뒤를 따라 사옥으로 갔다.

안으로 들어서자 상상하지 못한 광경에 놀랐다.

"어……?"

"기다리고 있었습니다, 아가씨."

아오이를 본 순간, 좌우에 나란히 선 직원들이 일제히 고개를 숙였다.

나이는 오십에서 육십대. 머리에 수건을 두르고 작업용 앞치마를 입은 평범한 사람들이었다.

"자, 잠깐만요! 곤란해요!"

아오이가 허둥거리며 양손을 붕붕 흔들고, 대표로 보이는 직원에게 달려갔다.

"마중은 자제해달라고 미리 연락했잖아요. 저, 이러시면 곤란하다고요!"

"그렇지만 사실상 호조 가문의 아가씨이시니."

"아아, 그러니까 그건 좀……."

예쁘장한 입술을 삐죽이는 아오이는 불만스러워 보였다. 구김살 없이 웃을 때가 많은 그녀로서는 드문 일이었다.

이해하지 못할 전개에 당황한 구리타와 아사바 앞에서 그녀는 한참 직원과 대화에 전념하더니, 곧 돌아와서 큰일을 하나 끝냈다는 듯이 숨을 내쉬고 웃었다.

"기다리게 해서 죄송해요. 일단 얘기를 해뒀으니까 지금부터 제가 공장을 안내할게요."

"아, 하아."

뭔지 모르겠지만, 이곳에서 아오이는 단순한 지인 수준을 넘어 얼굴이 통하는 것 같았다. 얌전히 그녀를 따라 구리타와 아사바는 사옥 뒤에 세워진 낡은 공장으로 향했다.

"저기 아오이 씨, 방금 호조 가문이란⋯⋯?"

구리타가 등에 대고 말을 걸자, 아오이는 앞서 걷다가 뒤를 돌아보고 곤란한 미소를 지었다.

"아⋯⋯ 성이요. 제 이름, 호조 아오이라고 해요."

"호조 아오이⋯⋯."

묘하게 감개무량했다. 계속 오리무중이었던 그녀의 이름을 이렇게 간단히 알게 되다니.

그런데 뭔가 걸렸다. 호조라는 성은 드문데, 어디선가 들은 기억이 있다. 착각일까?

"그게 말이죠, 설명하기 좀 어려운데⋯⋯."

아오이가 어색하게 말을 꺼냈을 때, 한 걸음 먼저 공장에 들어간 아사바가 갑자기 소리를 질렀다.

"으악, 뭐야 이거!"

"왜 그래?"

아사바의 뒤를 따라 안으로 들어간 구리타도 숨을 삼켰다.

마치 에도 시대의 양조장 같았다.

휑뎅그렁한 공장 안에 높이 2미터를 넘는 거대한 통이 수십 개나 있었다.

"아, 저건 양조용 통이에요. 원래 된장이나 간장을 만들 때 사용하는 것으로 30석 통이라고 해요."

"30석……?"

"네, 석은 예전에 사용했던 양의 단위로……. 그, 시대극에서 '쌀 30석'이라고 말하는 그거요. 술은 지금도 생산량을 석 단위로 표기하기도 하거든요."

"아, 그 석인가."

1석은 성인 한 명이 1년 동안 먹는 쌀의 총량이므로, 그 30배를 상상하면 규모를 알 것이다.

아오이의 이야기에 따르면 이 하나의 통 안에 벚나무 잎이 수만 다발 절여지고 있다고 한다.

"잎이 적당히 자라면 농원 직원들이 기준에 맞는 것을 골라 채집하는데, 그 잎을 크기에 따라 나누고 굵게 다발로 만들어서 끈으로 묶어요. 완성된 다발을 통 밑에 깔고 소금을 뿌려서 약 6개월쯤 절이면 쿠마린이 풍부한 향기로운 벚나무 잎이 완성되죠."

오늘 아오이의 지식은 평소보다 더 전문적이었다. 아사바는 이해력이 약간 좇아가지 못하는지 중간부터 입을 반쯤 벌리고 있었다.

"그럼 구리타 씨, 가에데 씨를 위해서 가장 좋은 걸 받기로 해요……. 죄송합니다, 잠깐 괜찮을까요."

아오이가 손을 흔들어 거대한 통 사이를 걷는 직원을 불렀다.

"이거야, 호조 아가씨! 어쩐 일이십니까."

허리가 굽은 고령의 남자가 갑자기 등을 쭉 폈다.

"아, 편하게 대해주세요……. 사실 부탁을 좀 드리고 싶은데요."

"말씀만 하십쇼."

아오이가 사정을 설명하자 "그렇습니까" 하고 연배의 직원이 만족스럽게 고개를 끄덕이더니 구리타에게 손짓했다.

구리타가 다가가자 이번에는 표정을 싹 바꿔 날카로운 시선을 보냈다.

"어이, 형씨. 댁, 아픈 소녀에게 사쿠라모찌를 만들어주고 싶다고?"

"으음."

뭐 불만이라도 있느냐는 말은 삼키고, 구리타는 남자의 눈을 똑바로 응시했다.

"……훌륭해."

"음?"

"우리 벚나무 잎은 이즈에서도 품질이 최고급이야. 절인 시기로 보아 제일 좋은 건 저기 오른쪽에서 두 번째 통. 마음에 드는 걸로 골라 가게."

"……고맙습니다!"

구리타가 말하기에 앞서, 뒤에 선 아사바가 고개를 숙이고 외쳤다.

작업복으로 갈아입은 구리타는 사다리를 이용해 거대한 통 위로 올라가 뚜껑의 누름돌을 치우고 안으로 들어갔다.

통 바닥에는 동심원 형태로 소금과 벚나무 잎 다발이 촘촘히 깔렸다. 사다리를 내려가자 독특한 향기가 강해졌다.

바닐라가 떠오르는 달콤하고 상큼한 향기…….

마치 만개한 벚꽃 속에서 축복을 받는 것 같았다.

그 선명한 이미지가 머릿속에 또렷하게 떠올랐을 때, 구리타는 가에데가 기뻐할 최고의 사쿠라모찌를 만들 수 있겠다고 확신했다.

"좋아……."

몸을 굽혀 벚나무 잎 다발을 세심히 살폈다. 색, 형태, 크기, 향기가 통 안에서 가장 좋은 것으로 골라 집었다.

"기다려, 가에데."

구리타는 천장을 올려다보며 조용히 중얼거렸다.

*

병실의 하얀 천장을 멍한 눈동자로 보고 있으면 시간이 어딘가로 흡수되어, 정신을 차리면 하루가 끝났다.

그렇게 며칠이나 사라졌는지 사실 잘 몰랐다.

나도 사라져버리면 좋을 텐데…….

자학적인 생각에 잠긴 채, 입원 중인 아사바 가에데는 침대에 누워 우울한 기분을 주체하지 못했다.

침대 옆 탁자에는 간호사가 운반해 준 점심 식사가 있었지만, 식욕이 없어서 솔직히 보기도 싫었다.

그렇지만…… 나는 지금 대체 뭘 하는 걸까. 자조적으로 생각했다.

지금 이 시간은 허송세월이다. 이대로는 안 된다는 것을 이

성으로는 잘 안다.

그러나 머릿속에 새까만 안개가 낀 상태가 계속 이어져 의욕이 전혀 생기지 않았다. 대입에 실패한 것을 안 이후로 계속 이런 상태가 이어졌다.

분명한 것은 실력이 부족해 실패했다는 것.

그 사실에 타격을 입을 정도로 마음이 연약했다는 것.

받아들여지지 못했다는 괴로움과 거절당했다는 슬픔이 몸에 스며든 것.

지금까지 그런 걸 전혀 몰랐기에 수재라고 불렸던 과거가 부끄러워서, 지금의 자신이 통째로 이 세상에서 사라졌으면 좋겠다.

자기혐오로 침대 밑바닥에 몸이 가라앉는 것 같은 감각이 느껴졌다…….

그때 갑자기 병실 문을 두드리는 소리가 나더니 오빠의 목소리가 들렸다.

"가에데!"

오빠만이 아니었다. 정신없이 병실로 들어온 사람은 구리타와 아오이를 포함해 총 세 명.

가에데는 살짝 입술 끝을 깨물었다.

"……왜 왔어."

자기가 들어도 놀랄 정도로 생기 없는 목소리였다.

"나한테 이제…… 상관하지 마."

"어떻게 그래!"

감정적으로 나오는 아사바를 아오이가 다정하게 진정시키고, 대신 앞으로 나온 구리타가 말했다.

"병원 음식만 먹으면 기운이 날 리가 없지. 선물을 좀 가져왔어."

구리타가 가에데 옆으로 다가와 침대 옆 탁자에 자그마한 삼나무 상자를 툭 내려놓았다.

"선물……?"

"이럴 때는 역시 단 거 아니겠어. 기분이 좋아지면 식욕도 생길 거야."

그렇다면 상자 내용물은 구리마루당의 간판 상품인 마메다이후쿠일까. 마음은 고맙지만 가에데는 고개를 돌리고 힘없이 말했다.

"미안해…… 나……."

"그러지 말고."

구리타가 삼나무 상자 뚜껑을 여는 모습을 시선 끝으로 바라본 가에데는 놀라서 고개를 돌렸다.

구리마루당에 지금까지 없었던 상품이다.

힘을 쥐어짜 상반신을 일으킨 가에데는 캐비닛 위에 올려둔 케이스에서 안경을 꺼내 썼다. 오랜만에 세상이 선명하게 보였다.

삼나무 상자 안에 든 것은 사쿠라모찌 두 개였다.

하나는 크레이프 형태의 하얀 사쿠라모찌.

또 하나는 만주 형태의 연분홍색 사쿠라모찌.

둘 다 진녹색 벚나무 잎에 싸여 매우 청초한 향기가 났다. 하양과 연분홍의 색채가 시각적으로도 더없이 아름다웠다.

"구리타 군, 이거……."

"홍백 사쿠라모찌."

구리타의 말에 가에데는 길고 예쁜 눈을 깜박였다.

"들어본 적 없어……. 홍백 만주 말고 그런 것도 있어?"

"없어. 이건 구리마루당의 신상품이니까. 그래도 안은 전통적인 제과법으로 만든 사쿠라모찌 두 개를 조합했을 뿐이지만……."

하양 쪽은 간토풍 조메이지 사쿠라모찌, 연분홍색은 간사이풍 도묘지 사쿠라모찌.

특별한 제과법을 쓰지 않고 기본에 충실하게, 최고급 재료로 정성껏 만들었을 뿐이라고 구리타가 설명했다.

"그래……."

호언장담과는 인연이 없는 구리타가 자신 있게 말할 정도이
니 예사롭지 않은 기술과 집중력이 주입된 사쿠라모찌일 것이
다. 왠지 조금 겁이 났다.

동요를 숨기려고 은근슬쩍 안경테를 만지작거린 가에데에
게 오빠 아사바가 다그쳤다.

"자아, 먹어봐, 가에데! 이걸 만드느라 우리, 생고생을 했어.
당일치기로 이즈에 갔다 왔고 오자마자 밤을 꼬박 새워 시작
품을 만들었다고…… 구리타 녀석은 이틀이나 날밤을 새웠
어. 봐, 저기 눈 밑이 푹 꺼진 거. 위험해 보이지 않니?"

"어?"

가에데가 놀라 눈을 크게 뜨자, 옆에 선 당사자인 구리타가
이를 드러냈다.

"……시끄러워. 괜한 헛소리는 하지 마. 머저리 아사바."

"하?"

아사바가 불쾌하게 눈썹을 찌푸리자 순식간에 분위기가 험
악해졌다.

구리타와 아사바는 얼굴을 마주 보더니 이거야 원, 평소처
럼 비난하기 시작했다.

"얼마나 고생했다느니 노력했다느니, 그런 소리는 시시하잖
아. 남자답지 못해."

"무슨 헛소리야, 빌어먹을 구리타. 말하지 않으면 누가 알아준다고. 시대착오도 정도껏 하시지. 애초에 나는 너를 위해서……."

"닥쳐! 누가 시대착오야. 이래 보여도 나는 기를 쓰고 유행에 따른다고. 이 군복 재킷도 멋있잖아?"

"군복 재킷이라니 촌스럽긴. 남자라면 비주얼계*지."

"아아?"

이야기가 완전히 궤도에서 이탈해 둘은 당장에라도 멱살을 쥘 것 같았다. 어떻게 말리지.

그런데 그때, 옥신각신하는 둘을 슬쩍 피해 가에데에게 다가온 아오이가 우아하게 말을 걸었다.

"가에데 씨."

"……왜요?"

안경을 쓰고 가까이에서 보니 아오이는 눈부신 미인이었다.

그런데 신기하게도 경계심이 생기지 않았다. 사람을 위압하는 아름다움이 아니라 부드러운 바람처럼 투명감이 넘치는 사람이라는 느낌이었다.

그게 지금 자신에게는 눈이 부셔서 저절로 시선을 피하고

---

* 화장, 화려한 헤어스타일을 비롯해 현란한 차림새를 한 모양을 의미한다.

말았다. 구리타와 어떤 관계일지 내심 궁금했다.

"저기……. 사람은 살다 보면 많은 일을 겪어요."

아오이가 시선을 내리깔고 조용히 말을 시작해서 가에데는 조금 의외라고 생각했다.

"시험이나 취직이나, 그 밖의 다른 많은 일……. 노력했는데 실패했을 때, 마음이 어두워지는 것도 당연하다고 생각해요. 성실했던 사람일수록 충격이 크죠. 일방적으로 이 세상이 싫어질 수도 있다고 생각해요."

"……무슨 말을 하고 싶은데요?"

꾹 억누른 목소리로 가에데가 묻자, 아오이는 온화하게 대답했다.

"괴로운 건 당신만이 아니랍니다."

가에데는 꿀꺽 침을 삼켰다.

"심하게 말해서 미안해요. 그래도…… 좀 더 말할게요. 가에데 씨의 아버님도 어머님도 분명 걱정해서 슬퍼하실 테니까요. 아사바 씨도 자기 일처럼 괴로워하시고 구리타 씨도……."

그건 잘 알고 있고, 그래서 괴로웠다.

그러나 얼어붙은 몸과 마음이 가에데의 본심과 다른 말을 입 밖으로 밀어냈다.

"……당신이…… 뭘 안다고 그래요."

"알아요."

아오이는 숙였던 고개를 들고 가에데와 시선을 마주쳤다.

아오이의 눈동자 안에 반짝반짝 흔들리는 어떤 감정의 빛이 있었다.

"저도 그런 경험이 있으니까요. 가에데 씨의 마음은 아플 정도로 이해해요."

그 말에는 진실감이 가득해서 가에데도 쉽게 부정할 수 없었다.

이유는 모르겠으나 아오이는 자기 오른쪽 손목을 꽉 쥐고 있었다. 상대방과 가까운 심경이 되기 위해서 잊었던 기억을 떠올린 것일까.

어느새 구리타와 아사바도 싸움을 중단하고 아오이와 가에데의 동향을 지켜보고 있었다.

"자, 가에데 씨."

아오이가 사쿠라모찌가 든 삼나무 상자를 내밀고 말했다.

"마음을 여세요……."

가에데는 망설였다. 받아 들까 뿌리칠까, 어떻게 하지? 머뭇거리다가 머릿속이 혼란스러워졌을 때, 갑자기 향긋한 냄새가 코를 간질였다.

달콤하고, 가슴이 후련해질 정도로 상큼해서 응어리졌던 앙

울한 감정이 깔끔하게 사라졌다.

밝은 햇살 아래에서 만개한 벚나무 길을 지나는 봄바람 같았다.

"좋은 냄새……."

가에데가 조용히 중얼거렸다.

달콤하고 투명한 향기에 이끌려 자기도 모르게 삼나무 상자를 순순히 받았다.

상자 안에는 하얀색과 연분홍색 사쿠라모찌가 있었다. 왠지 그것이 반짝 빛나는 것처럼 보였다.

벚꽃의 향긋한 냄새가 물씬 풍겨서 더는 저항할 수 없었다…….

하얀 사쿠라모찌를 손에 들고, 가에데는 겉을 싼 잎을 풀러 살짝 깨물었다.

"엇……."

그 순간 부드러운 바람이 불었다.

벚꽃 풍미가 향긋하게 부풀어 코에서부터 머리까지 시원시원하게 통과했다.

벗겨낸 벚나무 잎에서 침투한 은은한 짠맛을 먼저 혀가 느꼈다. 촉촉한 반죽 피의 표면을 이로 깨물자, 통통한 탄력과 함께 안을 채운 팥소의 단맛이 느껴졌다.

으깬 팥의 은근한 단맛이 쫄깃쫄깃한 식감인 구운 피와 절묘하게 어울렸다.

부드럽고 기분 좋게 씹히는 감촉 안에서, 우아하고 산뜻한 팥소의 단맛과 벚나무 잎에서 스며든 짠맛, 꽃의 달콤한 향기가 완벽하게 조화를 이루어 사뿐사뿐 춤을 추었다.

'맛있어⋯⋯.'

진심으로 그렇게 생각했다.

이렇게 맛있는 사쿠라모찌는 처음이었다.

이어서 두 입, 세 입 가득 베어 물었다.

먹을 수 있었다. 토할 것 같지 않았다.

아니, 오히려 지금까지 못 먹은 것을 회복할 셈인지 식욕이 쑥쑥 샘솟았다. 옆 탁자에 놓인 손도 대지 않은 점심까지 전부 먹어치우고 싶었다.

내 안에서 살아갈 힘이 눈을 떴다⋯⋯ 그렇게 느꼈다.

벚꽃의 상큼한 향기에 둘러싸인 가에데의 가슴에 문득 떠오른 기억이 있었다.

가에데가 아직 초등학생일 무렵.

지금은 구리타와 양호한 관계지만, 어릴 때는 사이가 나빴다.

다른 사람도 아닌 오빠의 경쟁자이니 적대시하는 것이 당연하다고 생각했고, 그때는 여장 남자라고 불려서 열 받기도 했다. 그래서 오빠와 함께 늘 시시한 승부를 걸었다가 패배하고 집에서 반성회 개최를 반복했다.

그러던 어느 봄날.

초등학생이었던 가에데는 혼자 센소지 경내를 터벅터벅 걷고 있었다.

오늘은 가에데의 생일, 평소라면 즐거웠을 날인데 올해는 우울함의 극치였다.

집안 사업인 아사바 제작소가 심각한 상태였기 때문이다.

오랜 거래처가 도산하는 바람에 연대보증을 섰던 아사바 제작소가 은행에 돈을 대신 갚아야 하는 처지였다.

게다가 금융 위기로 인한 세계적 불황이니 뭐니 때문에 수주가 격감해 부모님은 자금 변통에 분주했다. 지금은 생일을 축하할 여유가 없으니 케이크도 없다고 아버지가 말했다. 집안 분위기가 무거워서, 어린 마음에도 불안해 밖을 돌아다녔다.

그 정도로 심각한 상황에 몰렸으니 부모님을 곤란하게 하기 싫은 가에데로서는 불평할 수 없었다. 그렇기에 기분이 우울했다.

고개를 푹 숙이고 돌을 걷어차며 걷는데, 누군가가 말을 걸었다.

"야, 가에데."

고개를 들자 오빠의 천적인 당시 초등학생이던 구리타가 있었다.

"엥, 기운이 없네. 왜 그래. 평소답지 않게."

골목대장답게 짓궂은 미소를 짓는 구리타.

어느새 익숙해진 그 얼굴을 보자 긴장이 풀렸는지, 가에데의 눈에서 갑자기 굵직한 눈물방울이 주르륵 흘렀다.

"어, 어이! 가에데……?"

깜짝 놀란 구리타가 당황했다.

그 후, 어설프게 어르고 달래는 말을 듣던 가에데는 자기도 모르게 훌쩍이며 구리타에게 사정을 죄다 털어놓았다.

"……그랬냐."

"으응."

가에데는 눈을 비비며 고개를 끄덕였다. 전부 말하고 나니, 사실은 누가 들어주길 바랐던 자신의 본심을 깨달았다.

"좋아, 알았어."

구리타가 그 말만 남기고 갑자기 어딘가로 달려가서, 남겨진 가에데는 어리둥절했다.

구리타가 아사바의 집에 찾아온 것은 그날 저녁이었다.

놀라서 현관으로 나간 가에데에게 구리타는 자그마한 화과자 상자를 퉁명스럽게 내밀었다.

멍하니 이게 뭐냐고 물은 가에데에게 구리타는 고개를 휙 돌리고 코를 비비며 대답했다.

"뭐, 그거다. 생일 케이크가 없으면 쓸쓸하니까. 그래도 나, 케이크는 만들 줄 모르니까…… 됐으니까 열어봐."

화과자 상자를 열자, 그 안에는 커다란 분홍색 사쿠라모찌가 가득 담겨 있었다.

눈을 동그랗게 뜨고 가에데는 물었다.

"왜……."

"……잎은 감지 않았지만 예쁘지. 남으면 오빠나 줘. 그럼!"

쑥스럽게 중얼거리고 구리타는 어둠 속으로 달려갔다.

가에데는 그 자리에 오도카니 서서 움직이지 못했다. 세상에 이런 일이 다 있나 싶었다. 구리타의 풋풋한 친절함이 온몸에 스며드는 것처럼 고마웠다.

상자에 채워진 사쿠라모찌를 한 개 들어 조심스레 입에 넣었다.

어라? 하고 생각했다. 생각보다 소금기가 강했다.

이상한데. 고개를 갸웃거린 순간, 뜨거운 액체가 뺨을 타고 흘러 턱 끝에서 떨어지는 것을 보고 자신의 눈물 맛임을 깨달았다.

그날 이후로 가에데는 구리타를 적대시하는 것을 그만두었다.

오히려 아련한 동경의 대상이 되어, 자신도 그와 필적할 만큼 도량이 넓은 사람이 되고 싶다고 남몰래 생각했다.

덕분에 사쿠라모찌를 아주 좋아하게 됐지만, 그런 마음을 표현하기 부끄러워서 다른 사람한테 말하지 말라고 오빠의 입을 단단히 단속했다.

아사바 제작소의 위기는 그 후로도 이어졌지만 가족이 똘똘 뭉쳐 극복했고, 마침내 무사히 경영을 회복했다.

가에데는 장래 가업을 돕기 위해서 공부에 전념하기 시작했다.

"그래, 그랬어……."

긴 회상을 끝낸 가에데는 병실 침대 위에서 사쿠라모찌를 먹었다.

하얀 쪽은 다 먹었고, 지금 손에 든 것은 연분홍색의 도묘지 사쿠라모찌. 이쪽도 절품이었다.

"그리워……. 늘 그렇게 날 격려해줬지, 구리타 군……."

"그때는 그냥 여자애가 좋아할 것 같은 벚꽃색 과자로 축하해주겠다는 어린애 발상이었지만. 이번만큼은 무슨 수를 써서든 진짜 사쿠라모찌를 만들고 싶었어."

그래서 벚나무 잎이 필요했다고 구리타는 조용히 말했다.

258

그 말에 오빠 아사바가 고마움이 가득 담긴 눈빛으로 고개를 숙이고 천천히 한 걸음 앞으로 나왔다. 가슴을 꾹 누르고, 어지간해서는 보여주지 않는 진지한 표정을 지으며 가에데에게 말했다.

"그때도 그랬잖아."

"어……."

"구리타만이 아니야. 너한테는 우리 가족이 있어. 그때는 좀 문제가 많아서 가업이 바닥을 쳤지만. 모두 힘을 합쳐서 극복할 수 있었잖아. 기억하지?"

그 말이 옳았다

가에데의 가슴에 뜨거운 것이 북받쳤다.

"인생이 새까만 암흑 같은 순간에도 걱정하고 도와주는 사람이 반드시 곁에 있어. 손을 맞잡으면 이겨낼 수 있어!"

단순히 좋아하는 음식이어서가 아니라 그 마음을 전해주고 싶었기에 사쿠라모찌였구나…….

오빠의 말은 더없이 강하게 가에데의 마음을 울렸다.

"고마워…… 오빠."

다른 말은 떠오르지 않았다.

"구리타 군, 아오이 씨도 정말 고마워요……. 나, 이제 괜찮으니까!"

가에데는 힘차게 고개를 끄덕이며 마음껏 웃었다.

두 눈에서 흘러내린 가느다란 이슬이 안경 렌즈에 퍼졌지만, 지금 자신이 최고로 환하게 웃었다는 것을 확신할 수 있었다.

그 정도로 가슴이 행복으로 가득 채워졌다.

"……그래. 뭐, 너는 괜찮을 거라고 처음부터 믿었지만."

구리타가 입술을 올려 웃으며 고개를 끄덕였다.

그리고 조금 다시 봤다는 표정으로 검은자위만 아사바를 향해 혼잣말처럼 중얼거렸다.

"……좋아하는 음식이라면 먹을 수 있을 거라니, 좀 단편적인 발상이라고 생각했는데……. 아사바 너도 나름대로 전하고 싶은 게 있었군."

오빠는 조금 민망한지 괜히 안 들리는 척을 했다. 이런 상황에서는 그럴 수밖에 없으리라.

"가에데 씨도 아사바 씨도…… 다행이에요. 정말로."

감격했는지 아오이의 눈에 눈물이 맺혔다.

곤란할 때, 이해타산을 따지지 않고 도와주는 사람이 있다. 진정한 의미에서 다정한 사람이 옆에 있어준다.

이보다 더한 행복이 있을까?

일본에, 이 변두리 동네에 태어나서 다행이라고 가에데는 온 마음을 다해 생각했다.

구리타가 불쑥 말했다.

"홍백은 예전부터 축복의 색이라고 하지. 나, 내년 이 시기에도 너한테 홍백 사쿠라모찌를 선물할 예정이니까."

구리타가 무슨 말을 하려는지 가에데는 금방 알아차렸다.

이제 괜찮다고 자신 있게 말할 수 있다.

올 한 해, 열심히 노력해서 내년에는 꼭 합격해야지.

반드시 벚꽃을 피울 것이다.

그리고 또 모두 함께 축복의 홍백 사쿠라모찌를 먹고 싶다.

자신이라면 그럴 수 있다.

*

탁 트인 푸른 하늘 아래, 눈부신 반사광이 아른거리는 수면에 때때로 바람이 불어 하얀 파도가 일었다.

병원에서 나온 구리타와 아오이는 눈동자가 동그란 붉은부리갈매기가 난간에 앉은 오후의 스미다 강가를 구리마루당 쪽으로 느긋하게 걷고 있었다.

아무리 체력에 자신이 있어도 이틀이나 자지 않으니 역시 졸렸다.

그래도 지금 구리타의 기분은 상쾌했고 온몸에 기분 좋은 달성감이 가득했다.

가에데는 사쿠라모찌를 다 먹고 병원 음식까지 먹어치우고
도 공복을 호소했다.

오빠 아사바가 전속력으로 편의점에 달려가 주먹밥을 잔뜩
사서 돌아왔다. 둘이서 사이좋게 밥을 먹는 광경은 소박하면
서도 훈훈했다.

남매를 방해하는 것도 미안해서 구리타와 아오이는 도중에
물러났다.

병실을 나서는 둘에게 아사바와 가에데는 몇 번이나 거듭
고맙다고 인사했다.

"정말 다행이에요. 아사바 씨랑 가에데 씨."

스미다 강에 부는 바람에 휘날리는 긴 머리카락을 누르며
아오이가 웃었다.

"저는 오빠도 여동생도 없는데요, 왠지 가슴이 아련해져요."

"그러게……."

"역시 이 동네 사람들이 좋아요!"

그것은 구리타에게도 기분 좋은 말이었다.

봄날의 따뜻한 햇볕 속에서 아오이는 행복하게 웃었다.

말투는 가볍지만, 남의 기쁨을 자기 것처럼 기뻐하는 아오

이는 값으로 따지지 못할 만큼 정이 깊고 아름다운 마음을 가졌으리라. 새삼스럽지만 구리타는 생각했다.

"게다가 숙제였던 신상품도 마침내 완성했고, 오늘은 왠지 좋은 일만 잔뜩 있지 않아요?"

아오이의 말에 구리타는 약간 씁쓸한 기분이 들어 뺨을 긁었다.

"응……. 그거 말인데. 그 홍백 사쿠라모찌, 그대로 내놔도 괜찮을까."

"무슨 말씀이세요?"

"아니, 왜냐하면 원래 가에데를 기운 차리게 하려고 만든 거잖아? 그걸 천연덕스럽게 파는 물건으로 삼아도……."

"그러니까 좋은 거죠!"

아오이가 갑자기 크게 외쳤다.

"아오이 씨?"

"아, 죄송해요. 잠이 부족해서 지금 좀 흥분했어요. 그래도 누군가를 기쁘게 해주려고 최선을 다해 만든 것이니까 사람의 마음을 움직일 수 있다고 생각해요. 신상품, 저는 이대로 가도 좋다고 봐요."

"그런가."

분명 제과의 원점에 있는 것은 그런 마음일지도 모른다.

최근 며칠간 이어진 맑은 날씨에 벚꽃도 착실히 피어나고 있었다.

홍백 사쿠라모찌…… 일단 내일부터 가게에 진열해보기로 구리타는 마음을 굳혔다.

"그런데 구리타 씨, 사실은 들어주셨으면 하는 얘기가 있어요."

스미다 강가를 걸으며 아오이가 불쑥 말했다.

"얘기?"

"네. 조금…… 무서운 얘기가 될지도 몰라요."

대체 뭐지. 구리타는 미간을 찌푸렸다.

옆을 걷는 아오이의 옆모습이 우수에 젖어 평소의 밝은 그녀와 매우 달라 보였다.

그때 구리타는 깨달았다. ……그 일인가.

어제와 오늘, 정신없이 시간이 흘렀는데 그러는 동안에 막연히 깨달았다. 아오이에게는 알리고 싶지 않은 과거가 있는지도 모른다는 것을.

명확한 이유는 없지만, 가에데를 설득할 때의 말이나 이즈에서 성을 불렀을 때의 반응에서 어렴풋이 느꼈다.

물론 단순한 상상이니까 지금은 오리무중이다. 호조라는 드문 성을 조사하면 뭔가 알 수도 있겠지만…….

그렇게 하는 것은 구리타로서 좀 아니다 싶었다.

사람에게는 알리고 싶은 것도, 알리고 싶지 않은 것도 있다. 억지로 전부 밝혀내기보다 입장이나 배경이 다른 사람끼리 서로 존중하는 것이 중요하다고 생각한다.

그러나 아오이가 말해준다면 알고 싶었다.

다른 사람이라면 몰라도 아오이만은 특별하다. 그녀에 한해서는 좀 더 많은 것을…… 가능하면 전부 알고 싶다. 아오이에게는 그만큼 인간적인 매력이 넘쳤다.

구리타는 멈춰 서서 그녀를 바라보았다.

"나라도 괜찮다면 뭐든 말해줘, 아오이 씨."

"그럼 말할게요. '공포의 먹이'라는 이야기예요."

"……공포의 먹이?"

충격적인 단어에 오싹 소름이 돋은 구리타 옆에서 아오이가 음울한 말투로 이야기를 시작했다.

이런 내용이었다…….

어렸을 때, 저는 정원 연못에서 잉어를 키웠어요.

커다란 비단잉어로, 무섭도록 식욕이 왕성했죠.

당시 저는 잉어에게 먹이를 주는 당번을 맡았어요.

어느 날 평소처럼 잉어 먹이를 가지러 갔는데 아무것도 없는 거예요.

"엄마, 먹이가 없어요."

그러자 엄마는 가만히 웃고 저한테 커다란 밀기울을 건네주시며 이렇게 말씀하셨어요.

"오늘, 밀기울 사료."

"오늘, 밀기울 사료, 교후노에사, 공포의 먹이……."*

메아리처럼 그 단어를 반복하는 아오이 앞에서 구리타는 눈을 휘둥그렇게 떴다.

충격이 너무 커서 말이 나오지 않았다. 요즘 시대에 이런 농담을 진지하게 말하는 사람이 있을 줄이야……

아니, 그보다 들어줬으면 하는 이야기가 이런 거라니. 어지간히도 코미디를 좋아하나 보다.

형용할 수 없는 침묵이 흘렀다.

상큼한 바람이 불어 윤기 흐르는 그녀의 아름다운 흑발을 사르르 흔들었다.

뺨을 살짝 붉힌 아오이는 부끄러운 듯이 턱을 당기고 말했다.

---

* '공포의 먹이'를 일본어로 발음하면 '교후노에사'다. 또한, 일본어로 '오늘'은 교, 밀기울은 '후', 사료는 '에사'이므로 '오늘, 밀기울 사료'도 발음하면 '교후노에사'가 된다. 같은 발음에서 연상한 말장난이다.

"……저, 다자레를 좋아해서요."

"말하지 않아도 알아!"

맑게 갠 푸른 하늘로 구리타의 드높은 목소리가 울렸다.

안녕하세요, 니토리 고이치입니다.

감사하게도 전작이 호평을 받아 무사히 두 번째 책을 낼 수 있었습니다.

많은 독자 여러분께 은혜를 입은 것, 따뜻하게 받아들여 주신 것에 진심으로 감사합니다. 은혜를 갚을 수 있도록 앞으로도 정진하겠습니다.

자, 이 소설의 주된 소재는 변두리 동네와 화과자.

이 글을 쓰기 시작하면서, 아사쿠사와 전통 있는 화과자 가게에 갈 기회가 예전보다 많아져서 더욱더 좋아졌답니다.

노포의 화과자는 좋아요. 맛있고 건강하고, 호감이 느껴지는 소박함이 있어서 마음이 참 편해집니다.

게다가 독특한 기분도 맛볼 수 있죠.

'이것과 똑같은 맛을 내가 태어나기 훨씬 전 시대에 살던 사람들도 먹었겠지' 하는 감격입니다. 당시 사람들이 어떤 기분으로 과자를 먹고, 어떻게 느꼈을지 상상하면 왠지 가슴이 사무쳐요.

지금은 미래가 불투명한 시대라고 하지만, 과거에는 더 괴로운 시대도 존재했고 그런 와중에도 사람들은 강인하게 살아왔어요.

우울해질 때도 있고 피폐해질 때도 있었겠죠, 그럴 때는 일상 속의 작은 행복을 맛봄으로써 사람으로서 소중한, 따뜻한 감정을 되찾았는지도 모릅니다.

물론, 화과자도 그에 일조했을 것이라고 생각하면, 흔해 보이는 과자라도 좀 더 아름답고 정취가 있다고 받아들일 수 있죠. 역사가 있는 것은 역시 재미있습니다.

지금부터는 사죄의 말씀을 드리겠습니다.

늘 사려 깊게 일해주시는 담당 편집자님. 구리마루당의 세계관을 생생한 그림으로 표현해주시는 와미즈 님. 재미있는 디자인을 고안해주신 디자이너 님. 취재에 협력해준 아사쿠사에 정통한 친구 K군. 모두 감사합니다.

그리고 지금까지 어울려주신 독자 여러분께 각별한 감사를.

또 만나요.

니토리 고이치

정감 넘치는 이야기와 함께
수수께끼와 로맨스를 지켜보는 흥미진진함

　아사쿠사 어딘가에 자리한 화과자점 구리마루당의 두 번째 이야기이다. 무뚝뚝함을 가장했지만 친절함이 흘러넘치는 청년과, 세상 물정 모르는 규수 같은데 알고 보면 똑 부러진 아가씨가 화과자를 매개로 만들어가는 정감 넘치는 이야기와 약간의 미스터리.

　이 책을 한 문장으로 정의하면 이렇게 될까? 아무튼 귀엽고 유쾌한 등장인물과 공감이 가고 가슴이 뭉클해지는 에피소드, 정성껏 소개하는 화과자에 대한 지식의 삼박자가 잘 어우러진 작품을 계속 만날 수 있어 기뻤다.

　이번에 등장하는 과자는 순서대로 가미나리오꼬시, 만주, 사쿠라모찌다.

만주는 한자로 '饅頭'라고 쓴다. 그대로 읽으면 만두인데, 가족끼리 옹기종기 모여 빚는 우리나라의 만두와는 다르다. 오히려 송편과 비슷할 것이다. 백화점에서 볼 수 있는 선물 세트에 든 예쁜 화과자들을 보통 만주라고 부르니까, 도라야키와 함께 쉽게 접할 수 있는 대표적인 화과자이다.

만주와 달리 가미나리오꼬시와 사쿠라모찌는 우리나라에서 만나기는 좀 어렵다. 가미나리오꼬시는 내용에 나오는 것처럼 아사쿠사 가미나리몬의 명물로, 뻥튀기를 꽉꽉 뭉쳐놓은 것처럼 생긴 쌀 과자다. 선물로 받아서 먹어본 적이 있는데, 쌀 과자여서 그런지 어려서 먹었던 우리나라의 전통 과자와 비슷한 맛이었다. 쌀이 주재료인 과자는 왠지 모르게 추억을 자극한다. 한국도 일본도 쌀이 주식이니까 그럴 것이다. 가즈야가 좋아하는 아와오꼬시는 아쉽게도 먹어보지 못했는데, 언제 기회가 닿으면 간사이 여행을 가서 본토의 맛을 느껴봐야겠다. 그나저나 가미나리오꼬시를 먹으면 출세한다는데, 출세라는 단어와는 거리가 먼 삶을 살고 있어서 조금 아쉽다. 아니, 재미있는 책을 만나 열심히 번역해서 소개하는 보람찬 일을 하고 있으니까 이것도 어떤 의미에서 출세 아닐까? 미신은 어디까지나 미신일 뿐이지만, 왠지 이렇게 생각하니 아와오꼬시만이 아니라 가미나리오꼬시도 먹으러 가고 싶어진다. 그럼 더 좋은 일이 마구마구 생기지 않을까?

사쿠라모찌는 이름부터 예쁘다. 벚꽃 떡이라니. 화창한 봄하늘을 예쁘게 수놓은 연분홍 꽃잎이 자연히 떠오른다. 이름만 들어도 로맨틱하다. 사쿠라모찌는 가게에 따라 형태가 조금씩 다른데, 내가 먹어본 사쿠라모찌는 가장 일반적인 형태인 벚꽃에 싼 둥근 모찌였다. 지금 당장에라도 사랑이 이루어질 것 같은 로맨틱한 맛⋯⋯까지는 아니지만, 약간 시큼한 맛과 팥소의 달콤함이 잘 어울렸다. 맛도 좋지만, 그보다 눈으로 예쁜 모양을 양껏 먹고 싶은 떡이라고 할까. 보기 좋은 떡이 먹기도 좋다는 속담은 백번 옳은 말이다. 보기만 좋고 맛이 없는 음식들도 분명 있지만, 보기도 안 좋고 맛도 없으면 그야말로 재앙이다.

1권에서 개성을 보여준 등장인물들이 2권에 들어서면서 한층 더 통통 튀며 좌충우돌 뒤엉켜서 웃음이 났다.

가게로 쳐들어온 가즈야를 한번쯤 저세상으로 보내겠다는 시호도 장군감 같아 멋있고, 그 와중에 시호 뒤에 숨은 나카노조도 얄미워서 한 대 때리고 싶다. 정력 넘치는 후쿠미미와 자그마한 고미미 사제의 대비되는 모습이 재미있었고, 특히 아사바의 재등장이 반가워서 만세를 외쳤다. 여동생을 아끼고 사랑하는, 현실에는 없을(?) 오빠의 모습을 보여주었으니 이 거야 원, 반하지 않을 수가 없다.

무엇보다 조금씩 드러나는 아오이의 수수께끼가 흥미로웠다. 벚나무 잎 절임 공장의 직원이 깍듯하게 아가씨라고 부르며 대접할 정도인 호조 가문은 어떤 집안이고, 호흡이 곤란해질 정도로 아오이의 심리를 압박하는 사건은 무엇일까? 구리타와 아오이의 '썸' 타는 관계는 어떻게 될까? 인연을 맺어준다는 이마도 신사에서 '보통의 친구 사이'로 합의를 봤으니, 둘의 로맨스를 기대해도 될지 잘 모르겠다.

그런데 나도 당시 사귀던 남자친구와 이마도 신사에 간 적이 있다. 같이 소원을 적어서 바치기도 했는데, 1년쯤 지나 헤어진 것으로 보아 그 신사, 효험이 대단하지는 않은 것 같다. 그곳에서 보통의 친구 사이가 됐으니 오히려 반대 효과를 기대할 수 있을까?

'변두리 화과자점 구리마루당 시리즈'는 일본에서 2014년 4월에 1권이, 10월에 2권이 출간됐다. 2015년 말에 4권이 출간됐다고 하는데, 슬슬 아오이의 정체도 밝혀지고 둘 사이에도 진전이 있을까? 그런데 수수께끼가 해결되고 둘이 연인이 되면 시리즈가 끝일 것 같아 불안하다. 진전을 기다리는 마음이 반, 그냥 이대로이길 바라는 마음이 반이라 발만 동동 구르며, 팬의 심정으로 다음 이야기를 기다려야겠다.

이소담

기다리고 있습니다
변두리 화과자점 구리마루당 2

1판 1쇄 발행 2016년 2월 25일
1판 5쇄 발행 2018년 12월 12일

지은이 · 니토리 고이치
옮긴이 · 이소담
펴낸이 · 주연선

편집 · 심하은 백다흠 이경란 하선정 최민유 김서해 이우정
디자인 · 권예진 이다은 안자은 김지수
마케팅 · 장병수 최수현 김다은 이한솔
관리 · 김두만 유효정 박초희

(주)은행나무
04035 서울특별시 마포구 양화로11길 54
전화 · 02)3143-0651~3 ㅣ 팩스 · 02)3143-0654
신고번호 · 제 1997-000168호(1997. 12. 12)
www.ehbook.co.kr
ehbook@ehbook.co.kr

잘못된 책은 바꿔드립니다.

ISBN 978-89-5660-981-2 04830
ISBN 978-89-5660-980-5 (세트)